LE BAISER DU TRITON

LES MONSTRES ET LEURS ÂMES SŒURS

TOME UN

TAMSIN LEY

Traduction par
MAÏWEN HABCHI

Twin Leaf Press

Copyright © 2025 Twin Leaf Press
Copyright original © 2017 Twin Leaf Press
ISBN-13 : 979-8-89548-037-3
Tous droits réservés.

Twin Leaf Press
PO Box 672255
Chugiak, AK 99567

Traduction : Maïwen Habchi

CHAPITRE UN

Brianna laisse tomber le test de grossesse dans la poubelle de la salle de bains. Elle se dirige vers le lit où se trouve Eric qui étudie les prévisions budgétaires de son entreprise, l'ordinateur sur les genoux.

— Négatif, annonce-t-elle, luttant contre le trémolo dans sa voix.

Les draps lui paraissent froids sur sa peau.

— On retentera le mois prochain, répond-il en lui tapotant l'épaule sans quitter l'écran des yeux.

Il y a deux ans, ils ont perdu leur fille à la naissance. Puis, ils ont suivi le conseil du médecin : attendre un an avant de réessayer. Un an s'est écoulé sans que se profile à l'horizon le moindre rayon d'espoir. Et si Brianna avait loupé son unique chance d'être maman ? Une larme roule au coin de son œil avant d'échouer sur l'oreiller.

— Peut-être qu'on devrait arrêter d'essayer, suggère-t-elle.

— Si c'est ce que tu veux.

Eric continue de faire défiler son écran. Une douleur pince le cœur de Brianna.

— Eric ?

— Mmm ?

Il clique sur le pavé tactile.

— Eric.

Cette fois, sa voix se brise. Il détourne les yeux de son ordinateur et la regarde. Il a le même regard que les poissons de l'aquarium du bureau de Brianna. Ronds, noirs et dénués d'émotion. Ravalant ses larmes, elle penche la tête pour poser sa joue sur son bras.

— Fais-moi l'amour, fait-elle.

Elle sent le bras d'Eric se contracter, alors qu'il se décale, et le temps d'un battement, son cœur s'allège. Il replace finalement son bras au-dessus de l'oreiller, lui tapote la nuque et redirige son attention vers l'écran.

— Il est tard. On fera un autre essai au prochain cycle.

La brise marine qui balaie la digue a un goût de larmes. Derrière Brianna, quelques personnes vaquent à leurs occupations hors-saison le long de la promenade. Devant elle, un ciel morose sans couleurs embrasse la mer.

Elle finit par se jeter dans le vide.

Les poids de pêche attachés à sa taille remplissent leur mission : elle coule si vite que ses tympans se bouchent.

Elle a entendu dire que la noyade n'est pas une vilaine façon de tirer sa révérence. Néanmoins, le sel marin lui pique les narines et les yeux. L'eau est froide. Glacée. La clarté du jour prend une teinte trouble de bleu au-dessus d'elle. Elle voit les dernières bulles d'air s'échapper de son chemisier. Qui aurait cru que la mer soit si profonde ? Pendant un court instant, un banc de poissons obstrue le filet de lumière avant de passer leur chemin.

Sa cage thoracique cède sous le manque d'air, mais elle a peur d'inspirer. A-t-elle vraiment envie de partir ainsi ? Elle a épousé Eric il y a trois ans, avant de comprendre qu'il est un être froid qui ne changera jamais. Même la fausse couche de leur petite Pauline n'a pas paru le toucher. Toutefois, il n'est pas le seul poisson dans la mer. Le divorce est-il une option si affreuse ? De son vivant, son père lui a fait promettre de ne jamais divorcer de son mari ; il a été anéanti lorsque la mère de Brianna a quitté le foyer conjugal. Alors, elle lui a fait une promesse.

Mais son père est décédé. Et la vie de Brianna ressemble à ça : une noyade.

Ou bien sa mort.

C'est n'importe quoi !

Elle tire sur la ceinture qui pèse lourdement autour de sa taille pleine de nœuds auxquels elle a attaché des plombs de deux kilos. Quel est celui qui maintient l'attirail en place ? Son chemisier large — pratique pour dissimuler son instrument de suicide sur terre — s'entortille dans le courant. Elle ne discerne rien. Avec ses deux mains, elle empoigne le bas de son chemisier, le passe par-dessus sa tête, avant que les griffes voraces de la mer le fassent disparaître.

Un nuage de vase s'élève quand ses fesses touchent le fond. Un filet de bulles franchit ses lèvres malgré elle. Elle referme aussitôt la bouche. L'air s'échappe de son nez. Ses poumons, sur le point d'exploser, irradient.

Son pied gauche heurte un récif. Elle tente de prendre appui. De se propulser vers la surface. Le rocher se dérobe sous elle alors que la marée emporte Brianna vers le large.

Elle s'est montrée incroyablement stupide. Pourquoi a-t-elle songé à mourir ? Finir en nourriture pour poissons ? L'eau de mer lui irrite les pupilles, qui peinent à intercepter la lumière diurne, tandis qu'elle cherche le bon nœud. Le manque d'oxygène lui brûle les poumons.

Les ténèbres avancent. De toutes ses forces, elle repousse sur ses hanches la ceinture, qui paraît s'élargir légèrement. Peut-être parviendra-t-elle à s'en extraire en ondulant comme une anguille. Sauf que son pantalon-cigarette contrecarre son plan. Elle le déboutonne et le fait glisser le long de ses jambes, se débarrassant dans la foulée de son shorty. D'un dernier coup de pied, elle abandonne le pantalon à la houle.

Malgré elle, de l'eau s'infiltre dans ses poumons à plusieurs reprises. Quand elle se met à tousser, ses poumons se remplissent totalement. Il n'y a plus d'air à expirer. Ses jambes nues frottent contre le fond escarpé.

Le manque d'oxygène obscurcit son champ de vision. À moins que l'eau ne s'épaississe… Un calme plat et étrange l'engourdit. Un autre banc de poissons dissimule la lumière diffuse du ciel. Elle cligne des yeux. Peut-être que la mort n'est pas si terrible… que cela revient à s'endormir… peut-être que son bébé l'attend sur la rive de l'au-delà.

Deux mains hardies l'empoignent par les coudes. Un homme au regard vif et dont les cheveux obéissent au courant scrute son visage. On est venu la sauver ! Elle passe ses bras autour de son cou — du moins, elle essaie, car l'eau ralentit ses mouvements. Elle enroule ses deux jambes autour de la taille de l'étranger, comme si elle allait nager vers la surface en lui grimpant dessus.

Il écarquille ses yeux d'acier dominés par de noirs sourcils. Il a la peau douce. Il approche son visage, ancrant son regard dans le sien. Il écrase sa bouche sur la sienne et glisse sa langue à l'intérieur.

Elle suffoque. Le vertige de la noyade se mute en un vortex aquatique et sensuel. La langue qui virevolte avec la sienne harponne en elle des instincts dont elle ignorait l'existence. Son ventre frémit d'un besoin plus fort que celui de l'oxygène. Elle penche la tête, répondant au baiser, entremêlant sa langue à la sienne. Des décharges lui électrisent le ventre. Elle clipse plus fermement ses jambes autour de lui pour le plaquer à elle, et elle se retrouve à se frotter contre une érection.

Une note expirante, à mi-chemin entre le gémissement et le chant, l'enveloppe et la pénètre jusque dans sa chair. Il recule son corps, gardant ses mains sur les hanches de Brianna. Le baiser se prolonge, taquinant la distance physique entre eux.

Pendant une fraction de seconde, elle se demande si ce n'est pas le fruit d'un ultime fantasme projeté aux portes du trépas par son esprit, qui tente de la protéger de l'horreur de la mort. Mais cet instant passe, et la voilà assaillie par le besoin de ne former plus qu'un avec lui. De le sentir en elle. De repousser la mort par le seul acte à même de créer la vie.

Gardant ses jambes autour de lui, elle l'attire encore. Se cambre contre lui. Implorant davantage silencieusement.

Et aussi naturellement que de respirer, il s'introduit en elle.

Quoi...?

Une pensée qui n'est pas la sienne résonne dans l'esprit de Brianna, comme si leurs deux esprits se superposaient.

Mais elle n'a pas le temps de réfléchir. Il glisse ses mains sous ses fesses, l'épingle à lui et se met à onduler telle une vague.

Grisée, elle bascule les hanches en avant, se mettant au diapason de son rythme. Elle rejette la tête en arrière de sorte que l'union de leurs corps cajole ses plis les plus intimes. Des frissons descendent le long de ses cuisses et se concentrent dans son ventre. Un phénomène primitif éclipsant toute son imagination.

Un besoin qui ne tolère rien d'autre que la satisfaction.

Le courant tournoie autour d'eux au gré de ses coups de reins. D'instinct, elle serre plus farouchement ses jambes autour de sa taille. En cet instant, plus rien ne compte, hormis l'orgasme. Une libération enivrante dépassant tout ce qu'elle a connu. Elle brûle sous un voile de chaleur qui la ravit complètement. Des pensées incohérentes se bousculent dans sa tête. Sexe. *Magie.* Chaleur. *Soupir.* Vie. *Oui !*

Elle hurle mentalement le dernier mot en renversant la tête alors que l'orgasme la traverse.

Les mains de l'inconnu se plantent dans ses fesses au moment où il la rejoint dans l'extase.

Paupières closes, la poitrine haletante sous l'effort, Brianna se détend dans ses bras. Son pouls bat dans ses oreilles, et ses membres sont aussi flasques qu'une méduse. Coucher avec Eric a toujours été fade. Clinique. Elle a cherché à satisfaire les besoins de son mari sans jamais trouver le plaisir dont ses amies parlent. À présent, elle comprend pourquoi elles en font tout un plat.

Un bras musclé lui ceinture la taille, et une brassée d'eau rabat les cheveux de son visage. Elle ouvre les yeux et son souffle se coince dans sa gorge. Elle se raidit. Son souffle ? Elle respire. Comment est-ce possible ?

Les poids autour de son corps lui mordent les hanches alors qu'il la garde contre lui. Avec une force prodigieuse, il les balance à travers l'eau, le regard fixé devant lui. Elle balaie du regard ses cheveux dressés dans l'eau et ses épaules nues. Dans son dos, sa colonne vertébrale part en une sorte d'éventail…

Une nageoire ?

Elle bat des paupières, se demandant si ses yeux ne lui jouent pas des tours dans l'obscurité. Elle est sous l'eau. Mais respire. Elle passe une main dans le dos de son sauveur, le long de sa nageoire, et touche la première arête. Elle tend le cou pour examiner le bas de son corps. L'eau salée remonte dans sa gorge. Là où elle aurait dû voir des jambes se trouve une queue argentée terminée par une nageoire ondoyante.

Ce type a une queue de poisson !

Elle vient de faire l'amour avec un triton. Et maintenant, il l'entraîne dans les profondeurs de l'océan.

CHAPITRE DEUX

La chaleur de cette femelle roule dans ses veines telle une drogue. Zantu l'a vue en difficulté et ne l'a saisie que pour la sauver — une faiblesse dont il a hérité de son père. La lueur dorée qui brillait autour du cou de cette femme l'a poussé à s'approcher. L'instant d'après, elle s'est enroulée autour de lui comme une pieuvre. Une pieuvre en chaleur. Le sexe de Zantu s'est alors dressé telle la corne d'un narval perçant la banquise, prêt à la revendiquer avant même que ses méninges comprennent ce qui était en train de se jouer... Un acte irrévocable.

À présent, la belle aux yeux verts lui appartient, corps et âme.

Contrairement aux sirènes qui copulent avec tout ce qui bouge, les tritons s'unissent pour la vie. Un triton accouplé est condamné à une vie misérable. Pendant que sa compagne continue de vagabonder, il élève leurs enfants en les dorlotant comme un papa-hippocampe avant qu'eux aussi l'abandonnent. La plupart des tritons meurent d'amour.

Les dents serrées, Zantu raffermit ses mains sur la taille de sa nouvelle compagne qu'il sent se raidir. Elle est sans doute avide d'aller nager vers un autre mâle, maintenant qu'elle a obtenu ce qu'elle veut. Mais il ne le permettra pas. Il est décidé à trouver un moyen de la lier à lui puisqu'elle l'a déjà capturé dans ses filets.

Il trouvera comment dompter ce cœur de femme capricieux.

Elle se débat dans tous les sens, en vain. Il plonge au-dessus du premier gouffre, en direction du nid. Elle plante ses ongles dans l'épaule de Zantu, et ses jambes nues glissent le long de sa queue.

Jambes.

Il n'a jamais pensé s'accoupler avec une humaine. Les sirènes séduisent constamment les hommes, mais les tritons, eux, sont dépourvus de savoir-faire en la matière et évitent tout contact. Bien des contes parlent d'humains chassant les tritons pour le plaisir.

Alors qu'elle continue de s'agiter dans tous les sens, la toison qui recouvre le bas de son ventre effleure le bassin de Zantu. Une invitation irrésistible. À nouveau, son sexe se dresse face à cette caresse. Il a ouï dire que le lien est fort une fois complet, mais cette attraction l'engloutit comme la marée. Il ajuste sa prise de sorte qu'elle soit sous lui. Elle garde les yeux fixés sur lui, ouvre la bouche comme pour parler. Aucun son ne sort. Est-ce qu'elle est muette ? Elle manque probablement d'oxygène. La magie dans son baiser aurait dû lui permettre de respirer sans problème, à l'instar d'une créature marine, jusqu'à ce que le ciel s'assombrisse. Ensuite, il faudra renouveler la magie, sinon elle mourra. En tout cas, c'est ce que les sirènes racontent sur les hommes qu'elles attirent. Peut-être que le baiser d'un triton n'est pas aussi puissant…

Il regarde devant lui, pour s'assurer d'être sur la bonne voie, incline la tête et recouvre la bouche de l'humaine de la sienne. Elle continue de remuer ses lèvres étonnamment douces, cherchant à s'exprimer. Elle promène ses mains le long de ses épaules, de sa nageoire dorsale. Des frissons l'ébranlent, et le désir renaît en lui. Zantu la cloue à lui, oubliant tout alors qu'il insinue sa langue vorace entre ses dents arrondies. À nouveau, son sexe se libère de son fourreau d'écailles, prêt à s'accoupler.

Au moment où elle remue les jambes, il en profite pour s'immiscer en elle. Soudant leurs bassins, il perçoit la chaleur humide monter entre ses cuisses. Ses jambes se referment sur lui comme un piège, et elle expire sur son torse un souffle ardent. Sa bouche lui rappelle les vagues écumées par le soleil.

Qu'est-ce que je fais ?

Cette pensée n'appartient pas à Zantu.

Il est condamné. Seuls les liens les plus puissants permettent à un triton d'entendre les pensées de sa partenaire. En revanche, l'inverse est plus rare.

Il soulève les paupières. Peut-être que… Les yeux clos, elle présente une bouche boursouflée par leurs baisers.

Reste avec moi, lui dit-il mentalement.

Elle laisse retomber sa tête en arrière tandis que sa bouche forme des mots silencieux, et elle se raccroche à ses épaules. Peut-être l'a-t-elle entendu. Ou pas. Tout ce qu'il peut faire, c'est la tenir contre lui. Aussi près que possible. Aussi longtemps que possible.

Il la plaque à lui et sème des baisers le long de sa clavicule. Sa main trouve son sein, le prend en coupe, avant de taquiner son mamelon jusqu'à ce qu'il soit aussi dur que le corail. Frémissante, elle lui griffe le dos alors que son ventre se resserre autour de lui. Zantu sent l'orgasme poindre à la base de son sexe, mais il refuse de mettre un terme à ce moment. Pas si vite. Il se rétracte assez pour que la pointe de son membre chatouille l'entrejambe de sa compagne. Dans son esprit, il l'entend gémir, le supplier de ne pas arrêter.

Pas encore. Je n'en ai pas fini avec toi.

Elle frétille contre lui, presse son clitoris sur son long sexe. Elle se lèche les lèvres pour l'inviter à la goûter. Mais il s'abstient, se contentant de l'admirer, aux prises avec son propre désir. Faire preuve d'une telle maîtrise de soi est aussi grisant que de la chevaucher. L'envie de la prendre l'ébranle entièrement, sans le dominer pour autant. Comment se débrouille-t-il ? Un triton n'est pas censé pouvoir résister à l'attraction de sa compagne, ne serait-ce qu'un instant ; il est soumis à ses volontés, telle une méduse à la marée. S'il parvient à se dominer ainsi, il y a peut-être de l'espoir pour lui.

Puis, elle ouvre les yeux.

— S'il te plaît, articule-t-elle.

Son cerveau court-circuite. Avec un frisson, il s'enfonce en elle, battant contre ses hanches. Elle s'accorde à son rythme, basculant la tête en arrière, et se met à mouvoir avec lui jusqu'à ce que sa nageoire caudale se recourbe d'extase.

Il retombe contre elle sans relâcher sa prise délicate, laissant le courant les emporter vers leur destination. Cela fait trente-cinq ans qu'il fuit le lien d'âmes sœurs et esquive les propositions. À plusieurs reprises, son corps l'a poussé au bord du précipice. Avec une tentatrice à la chevelure noir corbeau et au timbre rauque telle une orque. Ou avec une autre enchanteresse à la queue verte et à la nageoire dorsale dorée dont il a su plus tard qu'elle était imbibée de poison d'amour.

Pourtant, maintenant qu'il est accouplé, il éprouve du soulagement. Il n'aura plus à vivre dans la terreur des autres sirènes. Des pièges. Des subterfuges. Peut-être qu'avec une humaine il parviendra à garder le contrôle. Peut-être même à conjurer la malédiction du lien d'âmes sœurs.

Le tumulte fait rage dans sa poitrine. Il tient entre ses bras sa compagne, tandis qu'une part de son esprit reculée complote pour trouver le moyen de se libérer d'elle.

Pour le moment, il fera tout ce qui est en son pouvoir pour la protéger.

CHAPITRE TROIS

Brianna semble une algue, flottant dans la langueur post-coïtale. Bien que l'acte ait été brutal, elle reste persuadée de l'avoir entendu lui susurrer son amour pendant leur ébat. Ou alors est-ce une pensée forgée par son subconscient, trahissant son besoin d'être aimée et choyée…

Lorsqu'elle rouvre ses yeux languissants, elle est incapable de voir au-delà des épaules du triton dans l'encre noire des profondeurs dépourvues de contours. Peut-être que tout ceci n'est qu'un rêve et qu'elle est morte. Est-ce qu'on rêve dans l'au-delà ? Quoi qu'il en soit, si la mort possède ce visage, elle refuse de se réveiller. Avec un soupir, elle enlace la taille du triton, puis repose sa joue contre son épaule. Il a l'odeur du sel et de l'herbe.

Je me demande comment il s'appelle...

Zantu, lui apprend une voix mélodieuse.

Elle glousse, et des bulles viennent lui chatouiller le nez.

J'entends des voix maintenant. Zantu. Ce n'est pas un prénom.

La paume qui lui caresse les reins s'immobilise. Le triton la repousse et la dévisage en la maintenant d'une poigne ferme.

Tu m'entends ?

Ses pupilles s'enflamment d'un éclat argenté. Il se fend d'un sourire, qui révèle des dents nacrées et acérées comme des lames. Comment a-t-elle pu passer à côté de ce détail quand ils se sont embrassés ? Pour la première fois, elle éprouve de la crainte.

Tu m'entends ? insiste la voix de stentor qui s'est infiltrée dans sa tête.

Dans sa poitrine naît un frisson qui se propage dans tout son corps. Son rythme cardiaque accélère jusqu'à ce que sa vue tremble à chaque battement. Elle parvient à esquisser un hochement de tête.

Il lâche un de ses bras pour lui caresser la joue.

Elle se rétracte en découvrant ses mains légèrement palmées. Un mot se forme dans son esprit alors que sa queue battant l'eau capte son attention.

Monstre.

La main du triton plane à quelques millimètres de sa peau. Elle le dévisage, médusée qu'il ait pu l'entendre. Le sourire a disparu du visage du triton. Ses iris scintillent comme deux lunes métalliques.

Je suis désolée, pense-t-elle dans l'espoir d'être entendue.

Il rentre les joues, comme s'il retenait quelques paroles, et sa main retombe du visage de Brianna.

Viens.

Sa main libre descend le long de son bras, il lui saisit la main avant de pivoter. D'un puissant coup de nageoire, il l'entraîne derrière lui, la remorquant comme un sac plastique perdu à la surface.

L'allégresse qui a envahi Zantu en découvrant le lien télépathique lui laisse un goût amer. Elle le considère comme une abomination de la nature… Un monstre. Évidemment. Son espèce chasse la sienne. Aucun amour ne peut exister entre eux.

Je m'appelle Brianna, lui révèle-t-elle.

Il ne répond pas. Il ne peut pas. Il doit trouver un moyen de briser ce lien immoral avant de dévoiler tous les secrets du royaume des sirènes à une étrangère. Avant qu'elle puisse rassembler les siens pour les traquer jusque dans leurs nids.

Il force sur les muscles de sa nageoire comme s'il avait une orque aux trousses. Il s'enfonce dans les courants de la marée, dans les profondeurs, où il pourra la retenir le temps d'échafauder un plan. D'ordinaire, la traversée à la nage ne lui prend qu'un quart de marée. Néanmoins, sa compagne le ralentit. Il fouille les eaux de son regard alerte, surveillant l'apparition de requins ou d'autres prédateurs qui pourraient en profiter.

Un rire carillonnant l'attire. Les vibrations d'une harpe aquatique accompagnent les trois autres gammes qui s'ensuivent. Sa nageoire dorsale s'aplatit dans son dos. Des sirènes. Une mélodie flottille à travers l'eau. Une cadence familière. Une magie qui pousse au désir charnel. Il reconnaît cette voix.

Loia.

Elle avait essayé de le charmer par le passé et était presque parvenue à ses fins. Aujourd'hui, les sens de Zantu se limitent à reconnaître la force de son chant. Son lien est scellé ; la sirène ne peut plus l'ensorceler.

Redressant la dorsale, il reprend de la vitesse pour passer au travers de la musique. Il est impatient de la voir se décomposer en découvrant qu'elle l'a perdu.

Au milieu d'un banc de poissons argentés, il repère la nageoire indigo et galbée de la chanteuse de charme. Les poissons fuient et reparaissent en symbiose avec sa voix, descendant, remontant, tournoyant autour d'elle dans un voile fascinant. Ses cheveux ondulent comme un éventail bleuté. Sa poitrine d'albâtre, piquée de deux mamelons prune, se soulève comme un délicieux appât. Ses lèvres bleues pulpeuses chantent des promesses de bonheur.

La gorge de Zantu se noue. La magie de la créature est puissante. Malgré le lien d'âmes sœurs naissant, le chant de la sirène exerce sur lui sa loi d'attraction. Enflammant ses veines, il réveille en lui le désir, et son sexe se met à palpiter au rythme de la danse des poissons argentés.

Les prunelles dorées de Loia rétrécissent lorsqu'elle le remarque. Sans interrompre le spectacle, elle retrousse les lèvres dans un sourire de prédatrice. Elle caresse de ses doigts la harpe nichée dans son bras, faisant jaillir de chaque corde des notes graves, pendant que sa voix suinte d'amour et de sensualité.

La main de sa compagne se raidit sur ses doigts. Pendant un moment, il a oublié sa présence. Son cœur martèle sa cage thoracique. Le lien d'âmes sœurs le protégera de cette mélodie maudite. Il serre Brianna contre lui, puis passe un bras autour de sa taille, ravi de la jalousie qui fissure le visage de Loia.

— Zantu, qu'est-ce que tu m'as apporté ? roucoule-t-elle. Un joli festin ?

Il rapproche sa destinée plus près.

— J'ai trouvé ma compagne. Tu n'as plus aucun pouvoir sur moi, Loia.

Un instant, le banc qui entoure Loia se disperse

avant de se recomposer telle une ribambelle de poignards prêts à frapper.

— Tu ne peux pas t'accoupler avec une humaine. Leur vie ne dure qu'un battement.

— Seulement parce que tu as abandonné les tiens à la noyade alors qu'ils étaient éperdument amoureux de toi, Loia.

La queue de la sirène remue vivement. Elle se redresse, pointant ostensiblement sa poitrine vers lui.

— Pourquoi t'intéresse-t-elle ? Elle ne peut pas jouer à cache-cache dans les lits d'algues, ni faire la course dans les crevasses océaniques, ni chanter jusqu'à l'extase. Elle ne pourrait même pas échapper à une attaque de requins. Une humaine n'est pas une compagne convenable pour notre peuple. On peut tout juste s'amuser avec son espèce.

— Tu n'en sais rien, cingle-t-il.

Un petit poisson effleure le bras de Zantu, et il le chasse d'un geste.

— Les sirènes ne choisissent pas de compagnon, reprend-il.

Toutefois, la remarque de la séductrice a suscité en lui de l'inquiétude. Comment peut-il protéger une compagne humaine pendant une attaque de prédateurs ?

— On en choisit des tas, Zantu.

Elle rehausse sa bouche dans un sourire plein de dents, prête à le dévorer.

— Mais on ne s'en contente pas d'un, continue-t-elle. Quel dommage que tu ne connaisses pas la passion d'une véritable amante, seulement les membres frêles d'une marcheuse terrestre. Ou bien… peut-être qu'elle aimerait jouer aussi ?

Loia tourne autour, le regard braqué sur lui. Pendant son manège, elle découvre sa fente pour permettre l'accès à son sexe rosé.

— Les humains apprécient regarder les autres en plein acte. Je pourrais vous montrer… *à tous les deux* ce qu'une vraie femelle peut faire à un mâle.

Zantu sent quelque chose lui caresser l'entre-nageoire. Baissant les yeux, il aperçoit deux poissons qui se frottent contre lui. Il relève le visage et réalise que, désormais, le banc entier les encercle.

Loia passe sa langue sur ses lèvres, fait courir ses mains sur ses seins pour titiller ses tétons indigo en se cambrant. L'une de ses mains descend vers la base de sa nageoire pour venir masser les plis de sa chair. Sa cohorte de serviteurs aquatiques porte jusqu'aux narines de Zantu l'odeur de Loia.

La sexualité agressive de Loia traverse les défenses de son lien avec Brianna. L'effervescence sous son abdomen lui dresse presque le membre. Étourdi, il n'a qu'une envie : céder à ses pulsions.

Chassant un poisson près de son visage, Brianna se rapproche de Zantu et se cache dans son épaule.

Je veux rentrer chez moi.

Ces paroles le dégrisent plus vite qu'une morsure de murène. Elle veut le quitter. Il la prend dans ses bras et s'éloigne des tentatives de séduction de Loia. S'il veut garder sa compagne, nager autour de Loia n'est pas la solution.

— Trouve-toi un autre mâle à tourmenter, crache-t-il.

Le teint pâle de Loia vire à l'écarlate. Ses lèvres s'étirent en montrant des dents aussi aiguisées que des poignards.

— Tu ne peux pas la garder, siffle-t-elle.

Brianna se tortille dans ses bras, et ses jambes se heurtent à sa queue caudale, exprimant son envie de s'éloigner. Ses épaules humaines lui paraissent fragiles sous ses mains, mais il refuse de la laisser partir. L'odeur âcre du sang lui parvient.

Mes jambes ! entend-il hurler dans sa tête.

Il lâche aussitôt Brianna et s'aperçoit de l'armée de Loia, qui grouille autour du bas de son corps. Une traînée d'eau teintée de rose se détache d'eux alors qu'ils la mordent. Le sang risque d'attirer tous les prédateurs à la ronde. Un élan de rage monte en lui. Il ouvre grand la bouche et pousse un long cri répulsif.

Les poissons fuient.

CHAPITRE QUATRE

*L*a soudaine note de baryton rompt net avec l'opéra de ténor que Zantu chantait à la créature. D'un coup de nageoire, il crée un siphon, qui oblige la sirène à fermer les yeux. Puis ils plantent l'enchanteresse et son essaim carnassier derrière eux.

La peau de Brianna picote et irradie là où les poissons l'ont entamée avec leurs dents pointues. Zantu se déplace trop vite pour qu'elle puisse ausculter ses blessures. Elle enfouit sa tête dans son cou chaud et se raccroche à lui de toutes ses forces. Au fil des sons traversant la voix de la sirène, l'attitude de cette magnétique créature était devenue de plus en plus étrange. Le clou du spectacle, quand elle a dévoilé son anatomie, ne lui a laissé aucun doute sur ses intentions. Du reste, ses sournois serviteurs à nageoires lui avaient clairement fait comprendre qu'elle préférait qu'elle reste en dehors de la parade.

Le temps d'un instant, l'aspect du triton l'a apeurée tout à l'heure. Ce qui l'a effrayée lui fait désormais comprendre qu'il peut la protéger. Elle frotte ses cuisses l'une contre l'autre, se remémorant la sensation de Zantu niché entre elles. Pourquoi s'intéresse-t-il à elle alors qu'une créature aussi belle que cette sirène lui court après ? Même Brianna a ressenti de l'attraction, et elle n'a jamais été attirée par une femme. Pas étonnant qu'on raconte que les marins courent volontiers à leur perte pour ces créatures.

Avec un regard en arrière, elle fouille les eaux sombres en quête de la sirène. Il est pratiquement certain que la redoutable tentatrice leur donne la chasse. Mais ses yeux d'humaine ne distinguent rien dans le noir. Le monde a perdu ses couleurs et prend de sombres nuances de noir, de vert... Des petits poissons aux flancs affilés comme des couteaux passent devant eux en ondoyant comme un seul corps. Un rideau d'algues brunes se meut et monte des fonds marins, densifié par d'autres créatures marines qui se précipitent çà et là.

Zantu resserre sa main sur la taille de Brianna, et la pression de ses bras puissants la fait frémir. Elle sent le battement de son cœur sous ses doigts alors qu'il plonge plus profondément. La façon dont sa nageoire caudale rebondit entre ses jambes et son pubis alors qu'il nage lui rappelle leur moment érotique. Elle crève d'envie de recommencer. Mais il ne ralentit pas, ne montrant aucune intention de remettre le couvert.

Sur les rochers, les étoiles de mer et les anémones colorées pigmentent sa vision dans un nuage flou. Zantu continue de parcourir la forêt aquatique, dépassant un poisson noir et rouge à la bouche ouverte, une anguille surgissant des rochers. La faune paraît se clairsemer ici ; la lumière baigne davantage le fond, à moins qu'ils ne soient dans des eaux moins troubles. Elle lève la tête vers la riche canopée qui flotte au gré du courant, sans parvenir à comprendre quelle profondeur ils avaient atteinte.

Où est-ce qu'il m'emmène ?

Dans un endroit sûr.

Sa réponse libère la tension qui pesait dans la poitrine de Brianna. Elle craignait qu'après s'être rassasié de son corps, Zantu ait développé un autre genre de faim — qui requiert cette fois ses crocs.

Il ralentit, l'écarte et la coince dans son regard.

Je ne suis pas un monstre.

Elle rougit tout à coup, se sentant coupable. Cette histoire de télépathie la déboussole.

Je... je suis désolée. C'est juste que je ne sais rien de toi ni de ton espèce.

Nous nous tenons loin des humains. Ton espèce est dangereuse.

Brianna se met à rire, laissant échapper une traînée de bulles. Pourtant, c'est elle qui se trouve à plusieurs mètres sous l'eau, captive d'un triton aux dents acérées, aux mains palmées et à la queue puissante. Et il prétend avoir peur d'elle ?

Quand elle croise son regard d'acier, elle réalise qu'il est on ne peut plus sérieux.

Zantu ramène sa compagne à son flanc et fonce vers les lits d'algues, où les siens habitent la zone de reproduction. Les pensées de Brianna s'introduisent dans sa tête de manière irrégulière et imprévisible. Une minute, elle est d'une franchise déconcertante, et la suivante, fermée comme une huître. Il ne comprend pas son oscillation. Ce qu'il décèle surtout, c'est sa peur. Sa curiosité. Son attention particulière au contact de leurs peaux.

Leur connexion le rend fou et le rassure à la fois. Même si elle le considère comme un monstre, elle le désire aussi fort que lui. Du moins, pour l'instant. Est-ce que son intérêt s'étiolera à l'instar des sirènes ?

Devant, les algues se balancent en rythme entre les rais avares du soleil. Sans s'arrêter, Zantu l'entraîne dans l'épaisse flore, commandant aux plantes et aux créatures qui la peuplent de s'écarter de son chemin. Ceux qui ne sont pas familiers avec la forêt sous-marine se perdraient rapidement au milieu des tiges, mais il connaît le chemin comme sa nageoire. Le varech caresse sa peau avec familiarité, relâchant des bulles sur son passage. La force avec laquelle Brianna s'accroche à son cou lui permet de percevoir le rythme agité de son pouls.

La forêt s'ouvre à eux, révélant le modeste refuge de Zantu. Malgré sa détermination à ne s'unir avec personne, Zantu a aménagé un nid douillet digne d'une reine… comme les autres mâles. Faire son nid est un besoin biologique de son espèce, accouplement ou non.

Le sol de sa demeure est pavé d'une mosaïque de galets translucides, de coquillages lisses et de fragments de miroir. Des objets qu'il est parvenu à sauver des naufrages et à restaurer avec patience égayent l'obscurité opaque : une table en bois de rose entourée de trois chaises assorties ; une coiffeuse avec un grand miroir, assez propre pour renvoyer son reflet ; un rocking-chair nacré de perles. Une alcôve trône au-dessus d'un lit humain à la tête incurvée dont le matelas a été remplacé par un jardin d'éponges de mer. Au pied du lit dort un coffre-fort relié de fer dans lequel il amasse ses trésors depuis des années. Aux confins de la carrière, il cultive un jardin riche d'excellentes algues comestibles, de gorgones et de grès coiffés de moules indigo et vertes.

Mais sa plus belle création repose au centre du nid, attendant le jour où Zantu perdrait définitivement sa liberté. Un berceau soutenu par des doigts de corail gondole paisiblement dans le courant océanique.

Il n'arrive pas à déchiffrer les pensées de sa compagne qui inonde son esprit. Ou peut-être apprend-elle à garder ses pensées pour elle. Il faudra probablement apprendre à filtrer, au moins pour épargner l'autre des détails de ses impressions.

Il la dépose dans la chaise à bascule. Les plombs autour de sa taille la clouent au siège. Il pivote et se met à nager en cercle avec vigilance, surveillant la barrière d'algues qui les entoure. La forêt de varech a sûrement bloqué les sbires de Loia, mais il ne doit courir aucun risque, car ils — et, par conséquent, elle… — peuvent le suivre jusqu'à sa tanière.

Satisfait, il se retourne vers sa compagne et la couve d'un regard qu'il espère neutre. Sa chevelure, plus courte et moins colorée que celle des sirènes, flotte dans un halo noir autour de son visage. Ses pupilles piquées de vert lui rappellent les éclats de soleil qui traversent les frondes. Le teint bronzé de ses bras et jambes s'éclaircit sur sa poitrine et son buste pâle. Ses mamelons aux pointes corail foncé se dressent irrésistiblement au-dessus de son abdomen tonique, et la toison entre ses jambes lui fait palpiter l'entre-nageoire alors qu'il fait dévaler son regard sur sa taille, ses jambes et ses délicats orteils vernis.

Une humaine.

Il s'est accouplé avec une humaine.

Existe-t-il un précédent dans l'histoire des sirènes ? Il arrive que leurs femelles séduisent des humains, mais sans s'accoupler. Jamais. Ni avec les tritons ni avec les hommes. Ceux qui sont solitaires et sensibles restent loin d'elles. Enfin, jusqu'à ce qu'elles les piègent. Il n'y a que Zantu pour avoir eu la chance de succomber au charme d'une humaine. D'ailleurs, que faisait-elle dans l'océan ?

Son attention revient sur la ceinture grossièrement nouée à sa taille. Il reconnaît les poids que les pêcheurs utilisent lorsqu'ils chassent leurs trophées. Des hommes malveillants… Il a aidé plusieurs thons et espadons à s'échapper de leurs filets mortels.

La corde a méchamment strié la peau blanche de Brianna de plaques rouges, et de petits hématomes tapissent ses hanches. Zantu pointe un doigt palmé sur sa taille.

Pourquoi portes-tu ces poids ?

Elle vire au cramoisi et se met à triturer nerveusement l'un des nœuds.

C'était une erreur.

Ses efforts pour lui transmettre sa pensée soulèvent sa poitrine. Il doit alors lutter pour contenir ses hormones qui pulsent en bas de son abdomen.

Veux-tu que je te l'enlève ?

Oui.

Elle lève sur lui un regard implorant, et toute tentative de conserver une attitude neutre fond comme banquise au soleil.

Attends.

Il repère la lame qu'il a fabriquée à partir d'un gros morceau de verre. Veillant à tenir le tranchant loin d'elle, il coupe la corde et la laisse choir sur le sol rocheux sous le rocking-chair.

Libérée de ses poids, elle s'élève vers la canopée fendillée par la clarté du jour.

Zantu la retient aussitôt par le poignet. Il n'a pas l'intention de la laisser partir. Pas si facilement. Il y a fort à parier qu'elle l'abandonne. C'est inévitable. Mais avant, il veut lui montrer à quoi ressemble la vie entre deux compagnons… À quoi cela ressemble d'être la propriété de son âme sœur, d'être sous son emprise… Comme lui. Il ne peut exercer son contrôle sur elle qu'ici. Tant qu'elle sera sous l'eau, elle aura besoin de lui.

Pourquoi es-tu venue à moi ?

Elle tourne le visage vers lui. À nouveau, ses joues se colorent d'un timide rouge.

C'était un accident.

Ça n'a pas l'air d'un accident, réplique-t-il en désignant la ceinture. *C'était pour te lier à l'océan. Pour t'amener à moi.*

Elle pince les lèvres, et ses sourcils froncés trahissent sa souffrance.

Non. Ça, c'est…

Ses mains s'emmêlent sur son ventre plat.

J'ai tenté de me suicider.

Il plisse les yeux, évaluant sa sincérité.

Pourquoi ferais-tu une chose pareille ?

Les épaules de Brianna s'affaissent, et son corps suit le mouvement jusqu'à ce que ses pieds touchent le sol de galets.

C'est une histoire longue et... bête. Les plombs m'empêchaient de changer d'idée.

Raconte-moi.

Mon bébé est mort.

Les ouïes de Zantu palpitent. Les sirènes voient leur progéniture comme un fardeau, une chose qu'il faut abandonner à leurs compagnons ; elles ne pleurent jamais leur perte. Cependant, Brianna n'est pas une sirène et ses pensées échouent dans son esprit dans une vague de douleur non contenue.

Il enroule sa queue autour de ses mollets pour l'attirer à lui.

Je suis désolé que tu aies perdu ton enfant.

Elle ramène ses mains sur son torse pour créer une solide barrière entre eux, sans le repousser véritablement.

Il l'enlace, fait doucement courir ses doigts sur son échine lisse et dépourvue d'arêtes. Le cœur de

Brianna palpite plus vivement contre son torse. Il se souvient alors à quel point elle est vulnérable, particulièrement ici. Sous les ondes.

Je t'en prie, n'essaie plus jamais d'intenter à ta vie.

Elle se détend. Leur proximité permet à Zantu de humer son unique parfum doré par une écume ensoleillée. Sa peau humaine est soyeuse contre la sienne, et un désir naissant pulse dans sa nageoire.

Fermant ses ouïes, il rassemble de l'air au fond de sa gorge, incline le visage vers sa clavicule. Puis il y appuie ses lèvres et souffle un délicat filet de bulles. Elle frémit, surprise par le plaisir qui vibre à travers leur connexion. Ainsi encouragé, il émet un son grave, un appel de sirène, qui pénètre profondément Brianna.

Elle renverse la tête en arrière, avance le bassin. Il en profite pour insérer ses doigts entre ses cuisses et découvrir l'humidité qui oint son clitoris. La chaleur de ses plis s'intensifie sous ses caresses et l'invite à augmenter la cadence. Il presse alors son sexe et caresse son petit bout de chair, qui enfle et palpite d'un besoin flamboyant.

Ses mains abandonnent son torse, et elle lui agrippe les côtes. Ses seins aussi durs que des coquillages s'écrasent contre sa poitrine, et elle se met à ruer sur ses doigts. Son sexe marin se libère pour battre en rythme avec elle, tressautant chaque fois que son entrejambe effleure la pointe de son érection. Il contracte la mâchoire, continue de la toucher, déterminé à lui faire atteindre le septième ciel avant de plonger dans la fournaise, qui s'enflamme dans son ventre d'humaine.

Des bulles transportent le couinement de Brianna alors qu'elle tremble de plaisir.

Je ferai en sorte que tu m'appartiennes, assène-t-il, attirant son bassin contre lui.

Elle lui déploie un accès royal, écartant totalement les jambes. D'un rude coup de nageoire, il les entraîne sur le lit spongieux avec le désir de la monter, de l'immobiliser pendant qu'il ondulera contre elle, de ratisser chaque recoin de sa matrice.

Elle se fige sur les éponges, remonte le bassin pour harmoniser leurs corps. Les bulles pleines de ses plaintes glissent de ses lèvres aux joues de Zantu. Il fond sur sa bouche. Sa langue l'explore tandis que son érection fouille les parois de son ventre. Lorsque l'orgasme se referme sur elle, il l'empoigne par les fesses et se plante une dernière fois en elle. Ils vibrent à l'unisson, exsangues.

Passant ses bras autour d'elle, il s'autorise à glisser dans le sommeil.

CHAPITRE CINQ

Brianna se réveille dans l'obscurité, groggy. Elle s'étire et roule pour jeter un coup d'œil au réveil sur la table de chevet. Ses mouvements lui donnent une étrange sensation. Ils sont ralentis, défient la gravité.

C'est quoi ce b...?

La mémoire lui revient comme un raz-de-marée. La digue, la ceinture de plombs, l'eau… le triton.

Triton ?

Elle a sans doute rêvé cette partie-là. Un moyen pour son esprit de lui épargner l'instant où elle est passée dans l'autre monde. Elle doit être morte. Son regard sonde la noirceur devant elle. Le poids de l'océan l'oppresse. Le néant. Elle n'avait pas imaginé éprouver une telle… solitude.

Un bras robuste s'enroule autour d'elle.

Rendors-toi, mon ange des mers, lui glisse une voix dans sa tête.

Elle pousse un cri étouffé par l'eau et se débat.

Oh mon Dieu, c'est pas vrai !

Avec un petit bruit, le monde autour d'elle s'illumine dans une tonalité lavande. Les mains palmées de Zantu la saisissent. Un éclat bleu se reflète dans ses iris acier et colore sa peau, définissant son torse noueux.

Qu'est-ce qui ne va pas ?

À sa terreur initiale succède l'émerveillement. L'étrange lumière provient de partout et… nulle part. Un voile lunaire sans astre paraît se déposer sur l'habitat. Puis, il y a cette sorte de divinité marine qui la domine, les traits parcourus par l'inquiétude.

Un son apaisant vibre dans sa gorge et calme les nerfs de Brianna. Elle laisse errer son regard et découvre que les eaux dans lesquelles ils sont plongés sont parsemées de minuscules diamants violets.

C'est magnifique...

Elle tend la main pour attraper ce qui s'apparente à une pierre précieuse. Mais l'objet se dérobe à ses doigts, aussi insaisissable que l'air.

Qu'est-ce que c'est ?

Zantu la prend dans ses bras, plonge dans son cou et souffle des bulles dans sa chevelure.

Les humains appellent ça des planctons.

Tu peux les allumer et éteindre ?

Un ronronnement court dans son torse, et l'eau plonge dans l'obscurité.

Oh non, allume-les !

Elle cherche Zantu avec des gestes affolés. La peur du noir et l'inconnu menacent de l'anéantir.

Tu m'as demandé de les éteindre.

Elle trouve un de ses biceps, referme ses deux mains dessus et le tire vers elle.

Non, je voulais juste savoir si tu en étais capable.

À nouveau, il éveille les planctons par la force de son chant. Brianna lève le nez vers son visage mi-amusé, mi-attendri, qui lui fait louper un battement.

Il se penche pour appuyer son front contre le sien. À cause de l'étrange lumière, elle peine à lire dans son regard. Mais sa voix masculine lui transmet toute la sincérité qu'elle recherche.

Je te protégerai. Toujours.

Elle caresse sa joue, appréciant la peau lisse qui tapisse sa mâchoire carrée. Elle ignore si elle a raison, mais elle lui fait confiance.

Au même moment, son estomac gargouille.

Et je vais t'apporter un repas, continue-t-il avec un rire qui épouse la courbe de ses lèvres marines.

Elle meurt d'envie de nachos. Ou de poulet frit. Elle se lèche les lèvres. Que mangent les sirènes ? Du poisson cru ? Elle n'a jamais été fan de sushi… Et le tartare lui donne la nausée.

Ne t'inquiète pas, mon ange. Notre régime est surtout végétarien. Assois-toi.

Il tire une chaise de la table et m'invite à prendre siège.

Jusqu'alors elle n'est parvenue à se déplacer dans l'eau que grâce à lui. Désormais livrée à elle-même, elle bat gauchement des jambes pour venir s'installer. Heureusement, il regardait ailleurs.

Après avoir été chercher un couteau à l'autre bout de la carrière, il se met à couper des algues et autres aliments que Brianna ne parvient pas à identifier. Il récolte ses trouvailles dans une grande conque. Elle l'observe à l'œuvre ; ses dorsaux et biceps se bandent et roulent sous ses gestes. Sa puissante queue ondule sous la force de ses muscles. Il exécute chaque mouvement sans effort. C'est la première fois qu'elle a l'occasion de l'étudier sans être dévisagée. Elle a envie de le toucher. De caresser la délicate nageoire qui termine sa queue. D'examiner les fines écailles qui recouvrent son corps. De découvrir l'endroit exact où se cache son sexe quand ils font l'amour.

Je peux te montrer si tu veux.

Brianna rougit furieusement alors que le creux de son ventre tressaille. Elle a oublié qu'il pouvait lire dans ses pensées.

Il lui décoche un regard malicieux avec un clin d'œil.

N'aie pas honte, ma belle. Ça me plaît de savoir ce que tu as dans la tête.

Il effectue une roulade pour se retrouver aussitôt devant elle. Il dépose la conque sur la table.

À quoi ressemblent les mâles dans ton monde ?

Pas à toi.

La fébrilité qui enrobe ses pensées l'embarrasse davantage, mais elle refuse de détourner le regard.

Qu'est-ce qui est si différent ?

Il se rapproche pour ne laisser que quelques centimètres entre eux. Ses abdos saillants ruissellent sous le mouvement circulaire de sa queue. Il pose ses mains palmées sur ses propres flancs, puis, lentement, les fait descendre le long de ses hanches. Brianna est subjuguée par le point où se cache son sexe : une bosse, là, sous la peau, comme dissimulée par un vêtement moulant.

La pensée de Zantu l'effleure, l'envoûte.

Touche-moi.

La salive de Brianna se coince dans sa gorge. Tendant la main, elle passe ses doigts sur la protubérance. Une note semblable à un soupir de plaisir fend l'eau. Gagnée par l'audace, elle pose carrément sa main dessus et reste bouche bée face à la chaleur qu'il dégage. Face à la douceur de son épiderme. Elle s'attendait à des écailles, mais sa peau est aussi soyeuse que son torse.

Ce sont les poissons qui ont des écailles, l'informe-t-il, embrumé par le désir.

Et qu'est-ce que cela fait de toi ?

Un homme ?

Elle malaxe la poche palpitante, et, aussitôt, son entrecuisse se réchauffe d'une moiteur. Poisson, homme… Dans tous les cas, elle a envie de lui.

Comme par magie, la peau du triton s'ouvre sous la paume de Brianna pour révéler un sexe sombre et turgescent. Elle ferme ses doigts sur son membre doux et brûlant, puis étale la goutte luisante qui perle au sommet. Sans réfléchir, elle se penche et le prend en bouche. Il a un goût viril de sel et de musc, comme n'importe quel homme de son monde.

Un râle monte de la gorge de Zantu. Il l'empoigne par les épaules.

Qu'est-ce que tu me fais ?

Son esprit se perd dans un voile sensuel.

Ravie de pouvoir communiquer tout en lui donnant du plaisir, elle fait tourner sa langue autour de la pointe de son sexe.

Je m'empare de toi.

Les mains sur les épaules de Brianna se raidissent.

Ne te moque pas de moi.

L'urgence dans son ton transpire dans leur connexion, ce qui ne laisse pas Brianna de marbre.

Vulnérable.

À vif.

Un mélange de colère et d'impuissance qu'elle ne comprend pas ombrage le désir criant de Zantu. Elle saisit ses hanches et l'attire plus près, inclinant la tête pour le prendre davantage.

En soupirant, il se cramponne à ses épaules pendant qu'elle le suce avec avidité. Elle sent sa jouissance exploser au fond de sa gorge. Quand les tremblements cessent, il recule et la tire de sa chaise pour la serrer contre lui.

Je ne te laisserai pas partir.

Cette affirmation la désarçonne. Elle n'avait à aucun moment songé à s'échapper. Pas depuis l'affreux épisode avec la sirène… Et bien qu'elle se trouve au fond de l'océan… La promesse de la protéger lui procure un sentiment de sécurité. D'être choyée.

Il l'embrasse fougueusement, et elle s'accroche à ses flancs. Sa poitrine s'érige vers lui alors qu'il la consume en insérant impitoyablement sa langue dans sa bouche. Si elle était debout, ses genoux auraient flanché. Grâce à l'eau, ils virevoltent et dansent librement.

Son sexe se dresse contre son ventre, et une fois encore, ses cuisses s'écartent pour laisser passer la nageoire caudale de Zantu. D'une main, elle le saisit pour le guider en elle, impatiente qu'il la remplisse. L'abdomen en relief du triton et l'eau, qui lustre sa peau, réveillent tous ses instincts sexuels.

Il saisit ses fesses à pleines mains et l'empale sur son érection. Il s'immobilise au fond de sa matrice, palpitant, et commence à se presser contre son clito. Avec sa langue, il titille les dents et gencives de sa compagne, qui le coince plus jalousement entre ses jambes.

La jouissance s'amasse au-dessus d'elle comme une vague sur le point de les engloutir.

Le rythme auquel il la taquine empêche le plaisir de déferler.

Tu m'appartiens.

Pitié, le supplie-t-elle, incapable de penser clairement.

Dis-le-moi.

La pression sur les fesses de Brianna s'accentue. Zantu s'enfonce plus loin, déclenchant une sensation inouïe.

Elle rejette la tête, colle son pubis au sien pour atteindre le Nirvana.

Je suis à toi. Allez !

Son esprit dominé par la satisfaction, il se retire pour la pilonner aussitôt. Encore et encore. Jusqu'à ce que la lame orgasmique se brise et emporte Brianna dans une spirale foudroyante de béatitude.

Un gazouillis semblable aux oiseaux chantants de l'aube résonne dans la tête de Brianna. À gauche, des clochettes carillonnent ; de graves hululements partent à droite, au-dessus d'elle ; et une tonalité surprenante de ténor monte et descend. Elle comprend alors que cette dernière provient de Zantu.

Il s'assoit sur le sol imprimé de coquillages, au bout de la carrière, la queue repliée sous lui. Il a l'air d'entretenir les touffes verdoyantes d'herbes marines qui poussent. Le jour perce les algues brunes qui ondulent au-dessus leurs têtes, jetant des éclairs dorés sur la carrière.

Sciée par les évènements de la veille, elle essaie de lui transmettre sa pensée :

D'où vient ce bruit ?

C'est l'océan qui salue le soleil, mon ange des mers. Viens, le petit-déjeuner est prêt.

Elle se redresse et réalise qu'il l'a mise au lit pendant qu'elle dormait cette nuit. De petites bulles s'élèvent des éponges et lui chatouillent les flancs. Elle s'étire en lançant un regard à la ronde.

Ses yeux s'arrêtent sur la table dressée avec deux assiettes en porcelaine et deux fourchettes en or massif. Une conque en guise de saladier trône au centre, remplie d'algues et de tout ce qu'il a jugé comestible. La plupart du contenu s'échappe du récipient en flottant, mais il en reste suffisamment pour un repas. Son estomac se rétrécit, elle est inquiète de savoir ce qu'il a trouvé de bon. Seulement, elle meurt de faim et pourrait manger n'importe quoi.

Elle s'élance vers la table et se rend compte qu'en se détendant elle peut marcher au ralenti. Les galets et coquillages sous ses orteils sont étonnamment lisses, toutefois assez solides pour lui donner une prise. Elle atteint sa chaise sans trop de maladresse, s'assoit et admire le dressage.

C'est de l'or ?

Elle s'empare d'une fourchette.

Elles appartenaient à mon père, lui apprend-il en se joignant à elle et en se glissant dans la chaise voisine. *Il les a trouvées dans un bateau naufragé, il y a des années.*

Tu as un père ?

La pensée jaillit avant qu'elle puisse réfléchir à la stupidité de sa question. Elle plaque sa main sur sa bouche. Son commentaire est vraiment déplacé. Elle n'a jamais pensé que le peuple des sirènes puisse avoir une famille. En y réfléchissant, elle n'a jamais réfléchi à ce peuple du tout.

Bien sûr qu'on a une famille. Enfin, des pères et frères.

Elle lutte pour contrôler la curiosité qui la tourmente. Mais c'était comme si leurs esprits étaient séparés par une passoire.

Et ta mère ?

Utilisant une coquille plus petite, il lui sert ce qui ressemble à une salade d'algues, gardant pour lui ses pensées.

Les sirènes dédaignent leurs enfants.

Elle fronce les sourcils sans trop savoir quoi faire de cette information.

Alors, elles font des enfants et les abandonnent ?

Il se contente de hausser les épaules.

Ce sont les pères qui nous élèvent.

Est-ce qu'il y a beaucoup de tritons ?

Elle promène son regard sur la barrière de varech, prête à voir apparaître un triton.

Un bref instant, les mains de Zantu se figent. Il pousse l'assiette devant elle, son iris argentin concentré sur elle.

Ne pense pas aux autres de mon espèce.

Elle penche la tête, amusée. Serait-ce de la jalousie ?

On a peur que je parte avec un autre triton ? Ou bien une sirène...

Ce n'est pas drôle.

Le sérieux de sa réponse la fait aussitôt redescendre. Ses propres vœux de mariage couplés à la promesse qu'elle avait faite à son père de ne jamais suivre l'exemple de sa mère lui reviennent alors en mémoire. Elle croise les mains sur ses genoux et fixe la salade.

Je ne peux pas rester avec toi. Je suis mariée.

Dans ton monde, cela ne veut pas dire grand-chose.

La colère la saisit.

Qu'est-ce que tu connais de notre monde ? Je prends mes vœux très au sérieux.

À l'instant même, l'hypocrisie de ses propres paroles l'arrête. La vérité est qu'elle s'est montrée infidèle envers Eric à l'instant où elle s'est jetée de la digue. Elle a choisi la voix de la lâcheté. À présent, son mari est seul. Comme son père. Elle aurait mieux fait de divorcer.

Zantu pose une main palmée sur les siennes.

Dans mon monde, le lien d'âmes sœurs nous unit pour la vie.

Elle le regarde d'un air soupçonneux.

Je croyais que les sirènes ne se fixaient pas.

La mâchoire de Zantu tressaute.

Oui, mais un triton ne choisit qu'une compagne.

Sa façon d'utiliser le mot « compagne » contient plus d'émotions qu'elle ne saurait le dire : adoration, certitude, chagrin… Malgré ces contradictions, elle sait exactement ce que cela signifie. L'espoir d'un mot qui ne sera jamais vraiment atteint. La solitude inévitable d'une vie passée avec la mauvaise personne. Être coincé dans un mariage avec un être froid, comme Eric.

Le regard de Brianna s'aventure plus loin et se perd dans son nid.

Un berceau dans le havre du triton.

Est-ce qu'on lui a confié un enfant avant de l'abandonner ? Sinon pourquoi avoir un berceau ? Une pointe de jalousie la transperce alors qu'elle l'imagine avec une magnifique sirène similaire à celle qu'ils ont croisée hier. Puis son ventre se noue. Qu'est-ce qu'elle fiche ici ? Élever un enfant dans un lieu dépourvu de mère ?

Un enchaînement de notes apaisantes se répand dans l'eau, interrompant ses pensées.

Brianna, tu es ma destinée.

Elle croise son regard, déroutée.

Hein, moi ?

Tu m'as revendiqué au moment où tu m'as séduit.

Séduit ? C'est toi qui m'as embrassée.

La pointe de sa dorsale s'assombrit, passant du gris bleuté au noir d'encre.

Je t'ai embrassée pour te donner assez d'air pour que tu

remontes à la surface. C'est toi qui... qui... as passé tes jambes autour de moi avant de me faire l'amour.

Elle se lève de sa chaise, indignée, flotte en avant.

Tu es en train de me traiter de pute ?

Il lui saisit le poignet et la ramène au fond de l'eau près de lui. Il plante ses pupilles métalliques d'une intensité déconcertante dans les siennes.

Je ne sais pas ce qu'est une pute, mais vu ton intonation, j'en déduis que ce n'est pas une bonne chose. Alors non, je ne te traite pas de pute. Mais je ne veux pas que tu te méprennes sur mon objectif initial, qui était de te sauver.

Ton objectif ?

Elle essaie de planter son doigt dans son torse, mais enrage d'autant plus en constatant la lenteur à laquelle son geste est contraint.

Tu as fait de moi ton esclave !

On ne garde pas les esclaves.

Sa prise autour de son poignet s'intensifie. Elle en a presque mal. Une série de clics graves se réverbère dans l'océan alors que son torse se gonfle comme celui d'un cobra.

S'il y a un esclave ici, c'est moi. J'ai évité les chants des sirènes pendant trente-cinq ans pour finir prisonnier de... d'une humaine !

Elle retire vivement sa main.

Si c'est ton ressenti, pourquoi ne pas m'avoir laissée mourir ?

Elle regrette aussitôt sa pensée.

Zantu relâche brusquement un filet de bulles et se dresse au-dessus de la table.

Peut-être que j'aurais dû. Mais maintenant je suis lié à toi, je dois te protéger. Je ne suis pas plus capable de te laisser mourir que d'assassiner un enfant.

D'un coup de nageoire, il se retrouve près du berceau maintenu par le corail.

L'instinct d'un triton est de faire son nid. Compagne ou pas. De préparer le terrain. De prendre soin d'un enfant, malgré la douleur causée par le chagrin. Quand tu porteras notre enfant, je serai prêt, que tu restes ou non.

Ses paroles ricochent sur elle, tel un galet sur un lac. Elle met un temps à comprendre. Il a parlé de « notre » enfant. Est-ce qu'une humaine et un triton...?

Je n'en sais rien, répond-il. *Les sirènes peuvent porter des enfants à demi-humains. Elles les abandonnent entre un partenaire et un autre. Je suppose que notre union finira de la même façon.*

Il parle comme si la grossesse était sûre. Sérieusement ? Elle tâte son ventre. Elle et Eric avaient essayé un tas de fois… Ses doigts se transforment en serres. Elle sait que c'est impossible.

Au cours des dernières vingt-quatre heures, elle et Zantu ont couché ensemble plus de fois qu'elle et Eric ces deux derniers mois. La vraie question n'est pas « Est-ce que c'est possible ? », mais « Est-ce qu'elle *veut* que ce le soit ? »

Elle reporte son regard sur celui qui se tient devant elle. Sa queue argentée brosse le fond marin en relief. Son torse scintille sous la lumière caressante du matin. Il est son compagnon. Celui d'une vie. Quelqu'un qui veut un enfant, qui a juré de la protéger et qui a créé un nid d'amour pour elle avant de la connaître. Le quitter serait l'erreur la plus monumentale de sa vie. En dépit de la pression de l'eau, elle s'efforce de mettre de la grâce dans ses mouvements alors qu'elle marche vers lui.

Combien en veux-tu ? Un ? Deux ?

Une salve de joie fleurit dans leur lien — un lien qu'elle reconnaît désormais comme spécial. Le genre de lien que des âmes sœurs sont censées partager. Il glisse vers elle, l'œil gris vif.

Autant que tu en voudras.

Elle passe ses bras autour de lui et l'embrasse.

CHAPITRE SIX

Après le coït, Zandu berce sa destinée dans ses bras en flottant librement au centre de la carrière. Elle pivote sur elle-même pour se pelotonner contre lui. Lui replie sa queue sous ses fesses et ses jambes pour prolonger la connexion de leurs corps.

Tu t'es recroquevillée comme une huître, rigole-t-il.

Elle inspire brusquement, offusquée.

Je ne suis pas certaine de m'habituer à flotter tous les jours. Est-ce qu'on peut retourner au lit ?

Il rabat ses cheveux pour picorer son oreille de baisers.

Mmmm... Je viens de réaliser que tu offres quelque chose que les sirènes n'ont pas...

Il glisse sa main le long de sa colonne vertébrale, de ses fesses. Il descend, trouvant son sexe encore dilaté.

... un autre chemin que ton sexe pour faire l'amour. Par-derrière...

Brianna se raidit. De faibles secousses parcourent sa peau. Une crainte qui n'a rien à voir avec l'impatience. Il stoppe son geste.

Est-ce que je t'ai heurtée ?

Tu es sûr que je ne dois pas me soucier des autres de ton peuple ?

L'appréhension d'avoir fait un faux pas en suggérant cette nouvelle position s'évapore dans un élan d'adrénaline. Elle pense déjà à d'autres hommes. Pourtant, il n'y a aucun désir dans son esprit.

Pourquoi ça ?

Je crois qu'on nous observe...

Il la relâche aussitôt et part fouiller les eaux au-devant, étudiant la barrière de varech. Est-ce que Loia les a suivis ? Comme il ne découvre rien, il sonde l'océan avec un cri, guettant le retour d'oscillations irrégulières. Il connaît cette forêt d'algues par cœur.

Son chant repère un éclair argent et turquoise. Des couleurs familières. Une silhouette qui ne lui est pas inconnue. Ses épaules et sa nageoire dorsale se détendent. Il entonne des notes douces et engageantes.

— Ebby, sors de là.

Entre deux rochers incrustés de crustacés point un petit visage.

— Salut, tonton Zantu.

— Qu'est-ce que tu fais ? Où est ton papa ?

Le chant sondeur aurait dû exposer la silhouette plus imposante d'un triton ou au moins susciter un chant en guise de réponse. Peut-être que le frère d'Ebby a vu Brianna et s'est enfui.

Le siréneau se cache à moitié dans le récif, et ses yeux s'ouvrent comme des soucoupes en apercevant Brianna.

— Qu'est-ce que c'est ?

Il est normal que l'enfant soit effrayé, d'autant que l'esprit de Brianna émane tout sauf le calme en ce moment. Zantu attire sa compagne par la main en chantant et pensant simultanément :

— Ebby, voici ma compagne, Brianna. Brianna, je te présente mon nibling, Ebby, l'enfant de mon frère.

L'enfant de la mer émerge du récif, et sa peau marbrée de turquoise s'assombrit pour adopter la couleur de la mousse vert et violet, qui se trouve dans son dos.

Oh mon Dieu. Un enfant. Un vrai enfant sir... Comment est-ce qu'on appelle les enfants de ton peuple ?

Les siréneaux, sourit Zantu.

Dérobant le linge soyeux au berceau et l'enroulant autour de ses hanches, Brianna s'approche de l'enfant maladroitement et s'agenouille sur le sol en mosaïque.

C'est un garçon ou une fille ?

Les siréneaux n'ont pas de sexe avant la puberté, lui répond distraitement Zantu.

Ebby est trop jeune pour errer sans surveillance

dans la forêt. Où est Rubac ? Quelque chose a-t-il attaqué le nid de son frère ?

— Tu vas être triste comme papa ? questionne Ebby en tétouillant son pouce.

— Où est ton père ? demande Zantu ignorant sa remarque involontairement blessante.

— Avec le nouveau-né. J'ai faim.

Que dit le siréneau ?

La pensée sous-jacente de Brianna frémit d'enthousiasme à l'idée de toucher Ebby, mais elle s'abstient. Ce qui est une bonne chose. Les enfants de l'océan se méfient des femelles. Et il ne veut pas que son nibling prenne la poudre d'escampette. Il se concentre pour communiquer par la pensée avec elle et répondre oralement à l'enfant en même temps.

— Le nouveau-né ? Didra est ici ?

Les sirènes débarquent souvent au nid des mâles, enceintes, pour y mettre bas, puis repartent chasser une nouvelle proie. Malgré eux, la vie des tritons tourne autour de ces interludes de gestation.

— Non. Elle est partie.

Le chant d'Ebby monte dans les aigus, trahissant son anxiété.

— Maintenant, papa ne se lève plus, et j'ai faim.

L'épouvante glace Zantu. Les sirènes ne sont sans doute pas des mères exemplaires, cependant, elles ne s'éloignent pas de leurs nouveau-nés avant des semaines, le temps que leur partenaire trouve une otarie ou une loutre pour les allaiter. Si Didra s'est volatilisée plus tôt que prévu, Rubac doit être en train de se battre non seulement contre la dépression, mais également pour trouver un moyen de nourrir le petit. Des familles marines entières se sont éteintes ainsi.

— Brianna, Ebby a faim, dit-il à voix haute et en pensée. Tu veux bien lui donner quelque chose à manger, s'il te plaît ?

Pendant qu'Ebby suit Brianna à table, Zantu patrouille le long de la carrière, envoyant des ondes à longue portée pour demander à son frère s'il va bien. Aucun écho ne lui revient. Il fait appel à la première señorita qu'il intercepte afin qu'elle informe son frère qu'Ebby va bien.

— Je t'ai dit de ne pas me toucher ! s'insurge Ebby.

Zantu retourne son attention sur la table. Les épines dorsales du siréneau sont hérissées telles des épines et sa queue mouchetée de turquoise vire à l'anthracite.

Tes nageoires peuvent changer de couleur ?

Ebby est en colère.

Zantu s'interpose en posant une main sur l'épaule de Brianna. Il aurait dû la prévenir de garder ses distances.

— Ebby, calme-toi. Elle ne veut pas te faire de mal.

Je ne voulais pas causer de problèmes.

Elle croise nerveusement ses mains sur ses genoux.

— Elle est sourde ? lance Ebby en reculant vers le varech.

— Non.

Zantu veille à s'exprimer mentalement et oralement :

— Elle est humaine et n'a pas encore appris notre langue. Tu veux bien m'aider à lui apprendre ? Je te promets qu'elle ne te touchera plus.

Ebby marque un temps d'arrêt.

— Commence par ton prénom, poursuit Zantu en regardant Brianna et en indiquant le siréneau. Ebby.

Avec une grimace, Brianna se tasse sur sa chaise.

Tu veux que je chante ?

Comme ça.

Il s'empare de sa main, la place sur son sternum, et à nouveau, la note vibre dans son torse.

Plissant le nez, Brianna ouvre la bouche et exécute une piètre imitation.

Ebby se met à glousser.

Je ne sais pas chanter.

Elle croise les bras, retombe sur sa chaise.

Ça part de là, lui indique-t-il.

Alors qu'il cherche le point sous son sternum, il effleure son sein et doit se reconcentrer sur sa tache. L'appréciation de sa partenaire à travers leur connexion n'arrange rien.

En inspirant mentalement, elle se redresse et, cette

fois, le son qu'elle émet est moins faible. Mais c'est encore faux et loin d'être suffisant.

Il se joint au rire hilare d'Ebby. Elle fusille son compagnon du regard.

Tu viens de demander à une étoile de mer de te frotter le ventre.

Je t'ai dit que je ne savais pas chanter !

Il faut juste que tu t'entraînes. Essaie avec une voix plus grave.

Elle carre les épaules, puis laisse échapper un long râle qui monte et descend.

— Ah !

Ebby part se cacher dans les rochers.

Zantu tente, quant à lui, de réprimer son air consterné.

Tu viens d'appeler un banc de barracudas.

La peur serpente à travers leur télépathie, et elle s'accroche à son bras en regardant partout.

J'ai fait ça ?

Heureusement, il n'y en a pas dans le coin.

Pourquoi était-ce si dur ? Ebby est une note facile à chanter. Un nom qu'un bébé pourrait prononcer. Il restreint ses pensées dans l'espoir que sa frustration ne s'en échappe pas.

— Ebby, sors. Il n'y a aucun danger.

— Je veux rentrer à la maison.

— Je sais. Je te ramène bientôt.

— Je n'ai pas besoin que tu m'accompagnes.

— Tu ne rentreras pas sans moi.

Qu'est-ce que dit Ebby ?

La petite silhouette du siréneau file déjà, sillonnant les rochers.

— Ebby !

Les clics sonores qui guident l'enfant s'estompent au loin. Son nibling ne devrait pas traverser la forêt sans protection. Il y a aussi l'état psychique de Rubac. Et le bébé… Zantu doit s'assurer que tout le monde va bien.

Il se tourne vers sa compagne, lui caresse la joue du bout des doigts et se penche pour l'embrasser.

Reste ici. Je vais voir comment va mon frère.

Je ne peux pas venir ? J'aimerais bien le rencontrer.

Les tritons n'emmènent pas leurs compagnes dans le nid des autres. C'est interdit.

Pourquoi ?

Je n'ai pas le temps de t'expliquer. Tu dois me faire confiance.

Avant qu'elle puisse le questionner davantage, il s'insinue entre les algues en direction du nid de Rubac.

*B*rianna stagne dans le courant du nid, démunie. Elle n'a pas compris l'échange entre Zantu et Ebby, mais elle suppose que le siréneau est en danger. Leur conversation chantante s'est ponctuée de notes dépassant la gamme humaine de Brianna. Est-ce qu'il y a eu d'autres notes qu'elle n'a pas été en mesure d'entendre ? Elle a essayé de communiquer avec par la pensée, comme avec Zantu, mais elle n'a obtenu aucune réponse. Alors elle a cru qu'il fallait un contact physique pour se comprendre. De toute évidence, cela a été une mauvaise idée. Et maintenant, sa performance où elle a chanté comme une casserole l'a fait fuir pour de bon. Elle espère que Zantu le trouve avant qu'un malheur arrive.

Pour tuer le temps, elle se met à explorer la carrière. Elle admire la manière dont il a adapté les objets humains au microcosme océanique : les éponges en guise de matelas, le bois serti de perles. Lorsqu'elle se lasse, elle essaie de s'endormir. Mais sans Zantu, elle a le sentiment de ne plus avoir d'ancrage. Elle se sent seule et vulnérable.

Elle se trouve au fond de l'océan. Nue sous un drap de soie arraché à un berceau. Au moins, elle n'a pas besoin d'oxygène… Oui, mais pour combien de temps ? Elle aurait dû lui poser la question.

Une symphonie constante de bruissement et de gazouillis fend l'épais mur d'algues. Elle a le sentiment d'être au milieu d'une forêt remplie. Dans son imaginaire, les poissons et crustacés seraient les oiseaux et insectes de l'océan.

Intriguée, elle écarte les algues, comme pour regarder à travers un rideau. Un poisson orange vif croise son regard, tout aussi curieux qu'elle. Il nage sur place en l'analysant.

Je n'ai rien à manger pour toi, mon petit bonhomme.

Un poisson au corps rayé de bandes verticales claires et foncées, avec une nageoire dorsale munie de longues épines, vient mordre son compère orange.

Eh ! Sois gentil !

Le poisson bariolé brun et blanc nage de part en part, puis flotte devant son visage. Ses yeux globuleux partent dans des directions opposées.

Le petit poisson orange revient, cette fois avec un copain. À nouveau, le brun l'attaque. Le poisson orange cri de douleur.

Arrête ! intervient-elle en franchissant la barrière de varech pour le secourir.

Tous les poissons disparaissent.

Ayant outrepassé les frontières du nid, elle en profite pour étudier la forêt brune. Un mur de rochers se nuance de mousses violettes et roses. Incapable de résister, elle s'aventure plus loin pour examiner le récif, qui grouille de poissons et autres créatures marines. Une pieuvre tachetée de mauve émerge d'une crevasse pour glisser le long de la roche, indifférente à la présence de Brianna. Un escargot évolue péniblement dans sa coquille dorée sur la crête rocheuse, tandis que des crevettes rouges filent à vive allure vers lui.

Je suis sûr que toi, tu me comprends, pense-t-elle en regardant l'escargot se déplacer aussi péniblement qu'elle sous l'eau.

Quelque chose lui brûle le pied, elle relève le genou. Elle réalise qu'elle vient de marcher sur une anémone. La blessure lui fait un mal de chien. Elle s'attrape le pied pour ausculter la plaque rouge qui s'étend sur sa cheville. Elle se contorsionne comme une gymnaste pour ne pas entrer en contact avec d'autres anémones en battant des bras et des jambes, et parvient à remonter. Sans Zantu, on dirait que son corps cherche à se raccrocher à un sol tangible au lieu de flotter. Elle va devoir faire attention.

Un petit requin zigzague près d'elle et la fixe. Elle déglutit, se demandant s'il y en a d'autres plus grands dans les environs. Se mettant dos au récif, elle décide de rentrer au nid. Du reste, la brûlure lui fait souffrir le martyre.

Elle pivote pour retourner sur ses pas et réalise qu'elle doute du chemin. Chaque rideau d'algues se ressemble. Jusqu'où s'est-elle éloignée ?

Crétine, il t'a dit de rester là-bas.

Le poisson brun s'approche de sa main. Elle la retire vivement. Après l'anémone, elle redouble de prudence. Le poisson ne bouge pas, ses yeux roulent dans tous les sens comme s'il devait la surveiller.

Peut-être peut-elle retrouver la crevasse d'où la pieuvre est sortie. Elle nage dans cette direction, ses membres gagnés par la fatigue de rester au fond de l'océan. En cet instant, elle donnerait cher pour un gilet de sauvetage…

Elle jette un coup d'œil à la canopée au-dessus d'elle. Si elle remonte à la surface, pourra-t-elle respirer à l'air libre ? Et si oui, perdra-t-elle sa capacité à respirer sous l'eau ? Elle se souvient à peine de la raison pour laquelle elle a voulu se suicider… C'était hier ? Maintenant, son amant est une créature mythique aquatique. Son compagnon. Elle imagine l'éternité passée dans ses bras. Et pourquoi pas ? Eric la croit déjà morte. Revenir en arrière ne résoudra rien. On lui a offert une nouvelle vie. Un nouvel amour. Et peut-être, une nouvelle maternité.

À nouveau, elle pousse sur ses jambes, à la recherche d'une fissure dans la roche. Et s'il ne revenait jamais ?

Elle bannit cette hypothèse. Il va forcément revenir. Ils sont unis. Par la pensée. Le silence de leur connexion mentale lui laisse un vide. Par curiosité, elle essaie d'appeler :

Zantu ?

Silence.

Au-dessus d'elle, le poisson orange reparaît, comme s'il l'invitait à avancer. Est-ce qu'il lui parle ? Peut-être qu'elle doit remonter le mur rocailleux à la nage pour bénéficier d'une vue plus dégagée.

Elle pousse sur ses jambes en se propulsant en avant, sans la grâce de Zantu. Le poisson brun la suit en nageant vers son oreille gauche, et son chant se rapproche drôlement de celui des cigales.

Au sommet du mur, le courant devient plus fort. Elle intensifie ses efforts, cherchant à longer le mur. L'œil ne peut atteindre la cime de la forêt de varech. Elle croit repérer du mouvement. Une silhouette énorme. L'image de requins lui revient, et son cœur s'affole. Elle s'immobilise avant de se laisser de nouveau couler. Elle ferait mieux de regagner les fonds marins et de marcher, anémones ou pas. Elle n'a pas le sentiment de maîtriser la situation là-haut.

Le courant ramène une feuille d'algue, qui se colle à joue, avant de lui masquer la vue. Elle la retire. Quand elle regarde, le poisson brun n'est plus là. Les algues lui fouettent les jambes et s'entortillent autour d'elle alors qu'elle se débat contre le courant. Plus elle gesticule, plus les lianes aquatiques resserrent leur étreinte.

La panique la saisit. Elle se démène contre le filet marin qui la retient. Les algues l'emprisonnent et le courant fait pression sur son buste. Brianna se retrouve renversée sur le dos. Elle voit le ciel bleu s'effacer dans un rouleau qui se referme. Des algues flottantes lui couvrent le visage et lui bloquent le bras droit le long du corps ainsi que ses jambes.

Aveugle, elle discerne un ricanement. Sans réfléchir, elle se déchire les cordes vocales en hurlant, sachant que le cri ne serait pas aussi fort sous l'eau. Est-ce qu'elle a encore appelé un banc de barracudas ? Ou un requin ?

Elle referme aussitôt la bouche et se met à appeler de toutes ses forces à l'aide.

Zantu, au secours !

Comment va-t-il la trouver, si loin de son nid ?

L'eau lui pique le visage. Elle a l'impression que les algues lui broient les poumons. Elle lutte contre les tentacules de la forêt en se demandant si elle va finalement mourir noyée.

CHAPITRE SEPT

Zantu trouve Rubac étendu sur un tas d'éponges marines avec un nouveau-né dans les bras. Son nid est plus traditionnel que celui de Zantu. Il n'y a pas les objets humains que ce dernier adore collectionner, hormis les jouets qu'il ramène pour Ebyy. Le siréneau est déjà là, le regard noir, derrière une maison de poupée.

— Mon frère ?

Zantu s'approche du triton allongé dans son jardin d'algues consommé jusqu'à la racine.

— Tu es venu.

— Ebby est venu dans mon nid en se plaignant d'avoir faim. Il a parlé d'un nouveau-né.

— Didra a dit qu'elle reviendra.

Sa voix contient une note mineure, reflet de la maladie des tritons.

— Mais je sais que non.

Zantu a envie de retrouver la sirène à la queue dorée et de l'étrangler avec sa propre tignasse blonde.

— Tu veux que je t'aide pour l'allaitement ?

Rubac soulève mollement sa main alourdie par des bagues et ce qu'il appelle un chapelet marin.

— Inutile.

Zantu regarde le bébé de plus près. Le bout de chou palmé dans les bras de son frère. Une chevelure d'ébène flotte librement dans le courant. Cependant, la peau censée scintiller de vives couleurs demeure pâle. Didra est-elle partie parce que le bébé est mort… ou l'inverse ? Une douleur lui transperce la poitrine.

— Rubac, je suis désolé.

— Tu veux bien prendre soin d'Ebby pour moi ?

La gorge de Zantu se serre. Les tritons sont doués pour rester dans le déni, se convainquant que leurs compagnes reviendront. Ils concentrent toute leur énergie dans la progéniture qu'elles leur laissent, malgré leur peine de cœur. Jusqu'à ce que le cœur lâche. Et quand un cœur éprouvé se brise, il n'y a aucun retour en arrière. Zantu refuse que son frère jette l'éponge.

— Te rappelles-tu quand Père t'avait confié la responsabilité pendant qu'il était parti chercher des soins pour l'entaille dans sa nageoire ? Ce qu'on avait ressenti en pensant qu'il ne reviendrait pas, et quand on était partis à sa recherche ? Ne crois-tu pas qu'Ebby ferait pareil ?

— Je savais que Père allait revenir. Je voulais juste explorer l'océan.

La bouche de Rubac frémit, comme s'il échouait à sourire.

Balayant le fond avec sa queue, Zantu envoie un jet de petits coquillages et de galets sur son frère.

— Je suis sérieux. Souviens-toi de ce qu'on a ressenti. Veux-tu qu'Ebby ressente la même chose ?

— J'ai besoin de ton aide pour permettre à l'âme du bébé de s'élever, plaide-t-il, au désespoir.

Zantu n'a plus la gorge nouée, mais toute la cage thoracique comprimée. L'amour de son frère pour le mythe et la magie de leur peuple l'amuse parfois, mais en cet instant, son obsession risque de lui coûter la vie. Le mythe de l'élévation raconte qu'une grande baleine bleue peut libérer une âme sirénienne du cycle de l'océan. Toutefois, elles vivent dans les eaux sauvages, loin du refuge des algues. Zantu et son frère ont plusieurs fois tenté de poursuivre le mythe avant la naissance d'Ebby : Zantu fouillait les épaves tandis que Rubac parlait aux petites baleines et autres créatures. À l'époque, ils n'avaient rien à perdre.

— Ce n'est plus le moment de courir après un mythe.

Il tend la main vers la forme inerte blottie contre le torse de Rubac.

— Pourquoi ne m'occuperais-je pas du bébé pendant que tu restes avec Ebby ?

Le bras de Rubac se referme sur son nouveau-né sans vie.

— Je dois essayer.

— Un enfant vivant a besoin de toi. Tu ne peux plus prendre les mêmes risques.

— C'est pour ça qu'il faut qu'Ebby reste avec toi.

— C'est de *toi* dont Ebby a besoin, mon frère.

— Tu adores Ebby, et tu n'as pas de compagne, alors…

— Tonton Zantu a une nouvelle compagne maintenant, carillonne Ebby derrière sa maison de poupée.

La tragédie de son frère lui a presque fait oublier Brianna. Il espère qu'elle n'a pas trop peur. Bien qu'il ait vérifié l'absence de prédateurs, chaque muscle de son corps se tend, mus par le besoin subit de la retrouver. Mais son frère a autant besoin de lui qu'elle. Il se sent déchiré.

Rubac se redresse sur son amas d'éponges et regarde Zantu d'un air interloqué.

— Tu t'es fait avoir ? Quand ?

— C'est une longue histoire, et je n'ai pas le temps de te la raconter. Mais je ne peux pas m'occuper d'Ebby. J'ai besoin de savoir que tu n'abandonneras pas ton enfant pour la quête d'un mythe.

— Elle est humaine, révèle Ebby en tenant une

poupée sans vêtements aux longues jambes. Elle n'a pas de queue ni de nageoires.

Rubac reste interdit, puis fronce les sourcils en regardant la poupée. Il fait volte-face vers Zantu, ses iris citron vert désormais ravivés par la curiosité.

— Une humaine ?

— Je t'ai dit : c'est une longue histoire.

Zantu s'éloigne, soulagé de saisir un regain de lucidité chez lui.

— Elle attend dans mon nid.

— Elle t'attend ? Ah, tu t'es donc fait *avoir*.

Rubac pose une main sur son épaule.

— Je suis vraiment désolé. J'ai cru que tu ferais partie des chanceux et échapperais au lien d'âmes sœurs.

— Les humains sont différents.

— Tu es sérieux.

Rubac retombe sur les éponges de mer.

— Tu t'es uni à une humaine.

— Tout à fait.

— J'ai envie d'entendre ton histoire.

Le caractère curieux de son frère donne à Zantu un moyen de chantage.

— Promets-moi que tu ne laisseras pas Ebby errer dans les abysses, et je te promets de revenir dans un jour ou deux pour tout te dire.

Rubac reste un moment pensif, puis opine du chef.

— Je ne laisserai pas Ebby.

Zantu souffle des bulles de soulagement. Une fois qu'il se sentira plus serein en laissant Brianna dans le nid, il reviendra pour tenir sa promesse.

— Merci. Je dois la rejoindre. Elle n'est jamais restée seule.

Il écarte l'écran de varech pour quitter la carrière.

— N'oublie pas ta promesse. On se voit dans quelques jours.

— N'oublie pas la tienne non plus, mon frère. Bonne chance.

Zantu se faufile entre les algues, soulagé que son frère soit revenu à lui. En tout cas, il espère qu'il est sain d'esprit et ne négligera pas le siréneau pour des chimères. Néanmoins, Zantu a d'autres priorités que son frère en cet instant.

Zantu lance une pensée à la ronde, sans savoir jusqu'où s'étire leur connexion télépathique. Il a perdu le contact au moment où il a quitté le nid.

Rien.

Le chabot brun rayé qu'il a chargé de veiller sur elle était censé le retrouver en cas de pépin. Ce n'est pas le meilleur gardien marin, mais il est plus fiable que la capricieuse Demoiselle Garibaldi orange, qui se met au service des sirènes seulement pour s'amuser.

Il slalome rapidement entre les algues, sondant les eaux pour vérifier qu'il n'y a pas de danger. La forêt se désépaissit, alors qu'il quitte le territoire de Rubac et atteint les confins de son habitat. Il franchit un rocher par un salto, fonçant tout droit vers son nid.

Fendant l'épaisse barrière de varech pour s'engouffrer dans sa carrière, il sourit déjà. Jamais il n'est rentré chez lui pour retrouver sa compagne. À l'intérieur, il scanne le nid. Son sourire retombe.

Brianna ?

Introuvable. Il double sa pensée d'un chant sondeur.

Volatilisée.

Évidemment, elle l'a quitté. C'est ce que font les femmes. Il a cru qu'une humaine serait différente, mais apparemment non. Comment a-t-il pu penser qu'elle n'était pas comme les autres ? Pourtant, un doute obscurcit son cœur. Son nid se trouve loin de la terre ferme. Comment a-t-elle pu penser atteindre le rivage seule et sans danger ? La mer est bondée de prédateurs, de baïnes, de sirènes, et d'autres dangers… Sans queue ni nageoires, elle est à la merci du courant. Il doit s'assurer qu'il ne lui est rien arrivé, même si elle l'a quitté.

Il se glisse hors de son nid et cherche le gardien chabot. Lui aussi, volatilisé. Entonnant un chant pour les créatures du coin, il demande où se trouve l'humaine. Les créatures lui répondent en chœur, indiquant la falaise sous-marine. Une Demoiselle Garibaldi glousse et s'éloigne avec d'autres.

Un élan de panique lui glace le sang. Il s'empresse de traverser le récif et le varech, en interpellant le poisson orange par un cri sonique.

Quand bien même il y a du courant, elle n'a pas pu dériver bien loin. Où est-elle ?

Un chabot sort la tête d'une gorgone et lui transmet mentalement une sensation de remonter vers la surface et la force d'un courant plus fort. Les chabots sont des poissons de fond, et l'instinct de ce gardien a primé sur la directive de Zantu.

Le triton aurait dû se douter qu'il ne pouvait pas désigner un chabot comme messager.

Tous, des lâches.

Un éclair de panique le secoue. Est-ce que cela vient de lui, ou de Brianna ? Se ruant à la surface, il appelle à pleins poumons et mentalement :

— Brianna !

L'angoisse envahit sa poitrine. Il entend autre chose. Deux mots, comme un cri étouffé, investissent son esprit.

Au secours !...

Brianna ! Où es-tu ?

Alors qu'il s'engage dans une section dense de la forêt, les mots résonnent plus fort.

Je n'arrive pas à respirer. Pitié, dépêche-toi !

Il pivote sur lui-même, fouillant la forêt du regard. Il ne décèle rien d'étrange. La connexion mentale ne lui donne aucune direction.

Tu peux chanter ? Guide-moi !

Non ! Il y a quelque chose qui rôde autour de moi. J'ai peur. Les algues...

Ses pensées paraissent s'enliser, mais l'épouvante perce comme un poignard.

Faisant partir un son du fond de son ventre, Zantu invoque toutes les créatures environnantes :

— Protégez ma compagne !

L'eau s'anime d'une effervescence alors que les créatures se relaient le message : une corne de brume grave monte d'un mérou noir tout proche, un banc de perches bourdonne, et au fond de l'océan, les poissons-chauve-souris babillent. Quand soudain, un lion de mer pousse un rugissement strident pour avertir d'une intrusion sur son territoire. Zantu répond à l'appel, fusant entre les tiges des fonds marins jusqu'à ce qu'il voie les moustaches du mammifère. Le mâle des eaux locales. Il a déjà interagi avec lui, et l'animal tolère Zantu dans ce qu'il considère son territoire.

— Que se passe-t-il ? lui demande le triton.

L'otarie montre les crocs, témoignant d'une agressivité inhabituelle que leur espèce utilise pour mettre en garde leurs rivaux.

Zantu baisse la tête et le regarde du coin avec soumission.

— Tu me connais, mon ami. Je ne suis pas venu vous blesser, toi et ta famille. Je cherche une humaine.

La bête tourne autour de lui. Le blanc de ses orbites tranche avec sa fourrure brune, et il raconte en grognant l'histoire d'une sirène qui s'est amusée à attraper ses petits avec les algues et à les noyer.

La bile lui brûle l'estomac. Zantu grince des dents. Une sirène a trouvé Brianna plus amusante que la portée de l'otarie.

— Montre-moi le chemin.

L'animal pirouette et s'élance dans une zone où les algues sont coupées, formant ainsi un nuage verdâtre flottant. Les tiges épaisses s'emmêlent dans la canopée, s'arrachent les unes les autres. Le courant poursuit inlassablement son cours. Plus loin, les cris de détresse des bébés otaries se mêlent au rire machiavélique d'une sirène qui 'éloigne. Le mâle imposant fonce dans cette direction.

Zantu se plie, prêt à le suivre, puis remarque un éclat de peau dans le varech. Un pied nu dépasse du mat. Réajustant sa trajectoire, il traverse la végétation et rejoint sa compagne.

Je suis là, pense-t-il en écartant la flore brune.

Balayant des tas de feuilles de son passage, il cherche le visage de Brianna dont les pensées ont sombré dans un silence vaseux. Il déchire une feuille et tombe sur ses yeux qui le fixent. Ou plutôt, le traversent.

Non !

Immédiatement, il pose ses lèvres sur les siennes et souffle.

Brianna, respire !

Son corps coule, retenu par les algues. Elle ne peut pas mourir. À nouveau, il lui donne un baiser, cherchant à se remémorer comment il s'y était pris la première fois. Qu'elle le quitte et reprenne sa vie à la surface est une chose. Tant qu'elle est en vie, il peut continuer de vivre. Mais si elle meurt dans ses bras, il ne lui restera plus rien.

Je t'en supplie, Brianna. Je t'aime.

Libère-moi…

Une douleur tord les entrailles de Zantu et le perfore jusqu'au tréfonds de son être. Il se rappelle alors qu'elle a quitté son nid pour s'en aller. Encore maintenant, elle songe à le fuir. Lui aussi aimerait ressentir la même chose, car le lien qu'il croyait pouvoir briser n'a fait que se renforcer au fil du temps. Il est aussi prisonnier du lien qu'elle l'est du filet d'algues.

Il les saisit à pleines mains, les arrache et réitère son geste. En se défoulant sur la plante inerte, il désépaissit la prison brunâtre et abandonne ses barreaux de tiges au courant.

Tu n'aurais pas dû me quitter.

Les pensées de Zantu bouillonnent d'une émotion nouvelle qu'elle ne comprend pas. Lui-même n'est pas certain de ses sentiments. La seule chose qu'il sait est que cela lui cause une souffrance qui dépasse l'entendement. Il a à la fois envie de la blesser et de l'enlacer.

Quand il vient à bout du dernier lien, elle passe ses bras autour de lui et blottit son visage dans son épaule.

Oh mon Dieu, merci.

Les émotions en ébullition de Zantu se dissolvent dans l'eau comme du sel. En la serrant dans ses bras, il se délecte de la chaleur de son corps et du parfum ensoleillé de sa peau qui l'envoûte. Comment parvient-elle à le contrôler autant ? Peu importe. Il lui appartient, pour toujours. Et elle est vivante.

Ne me quitte plus, dit-elle en s'agrippant davantage à lui.

Elle se joue de lui, bien évidemment. Elle se sert de lui, pour le rejeter dès que l'occasion se présentera. Il a mal au cœur. Il a l'impression que le lien d'âmes sœurs draine la vie qu'il y a en lui. Il cherche à lire dans son esprit, mais le sien est si tourmenté qu'il ne voit pas à travers le brouillard.

Ne voulais-tu pas que je te libère ?

Oui, des algues. Tu as cru que je voulais me libérer de toi ?

Dans ce cas, pourquoi as-tu voulu regagner la surface ?

Elle s'écarte et scrute son visage.

Ce n'est pas ce que j'ai fait. Tu es parti longtemps ; je m'ennuyais. Il y avait des poissons qui se chamaillaient, et j'ai voulu intervenir. Je sais, c'est idiot. J'aurais dû rester tranquille. Le courant m'a emportée. Je n'arrivais plus à trouver le nid. Puis, il y a eu les algues et...

Son cerveau saute d'une pensée à une autre, saturé d'une terreur viscérale.

J'ai cru que j'allais mourir.

Le soulagement s'abat sur lui. La culpabilité aussi. Leur connexion psychique ne dissimule rien.

Je te promets de ne plus te laisser seule.

Sa queue remonte et cajole les formes sensuelles de ses fesses avec sa nageoire. Ses jambes le fascinent toujours. La façon dont elle peut l'enlacer avec le bas de son corps et ses bras pendant qu'ils font l'amour lui fait perdre la tête. Il effleure l'esprit de Brianna avec un soupir et lui écarte les cuisses. Il sent la confiance qui émane d'elle, son engagement, son... amour ?

Son entre-nageoire tressaille contre son fourreau d'écailles, exigeant sa libération et de se repaître de sa matrice enflammée. Mais il se retient. Il veut savourer chaque instant, lui insuffler un désir aussi dévorant que le sien. Il parcourt sa taille de ses mains, caresse de ses pouces la saillie de ses hanches, s'arrête sur son entrejambe moite protégée par une toison. Douce. Brûlante. Les pétales de sa rose s'épanouissent quand il place ses doigts dessus, avant de les glisser entre ses cuisses voluptueuses.

Elle promène ses mains sur ses bras, le long de ses biceps, dans son cou. Il incline la tête pour l'embrasser tandis qu'il masse le sommet de ses cuisses. Avec sa langue, il ouvre sa bouche pour qu'elle l'accueille. Elle pose ses mains sur sa nageoire dorsale, la longe jusqu'à son bassin où surgit le sexe de Zantu. Ignorant la réaction de son propre corps, il reste absorbé par les cercles érotiques que Brianna grave du bassin sur sa main palmée.

Il abandonne sa bouche pour son sein qu'il se met à mordiller. Elle plante ses ongles dans sa peau. Son esprit s'embrume dans le plaisir et la douleur. Il a intérêt à faire attention à ses crocs acérés. Sans cesser de la caresser, il se dédie à l'autre sein pour le faire durcir comme une bernacle. Puis il sème des baisers sur son ventre.

Elle s'agite et se tend contre lui. Il emprisonne ses fesses dans son autre main et plonge sa tête entre ses jambes, remplaçant ses doigts par sa langue. Le goût de son sexe est aussi délicieux que son parfum. Elle s'excite, obsédée par l'union prochaine de leurs corps.

Tes désirs sont des ordres, susurre-t-il en introduisant un doigt en elle.

L'intérieur de ses parois frémit autour de son doigt. Il en glisse un deuxième et s'aperçoit qu'en les recourbant, il la fait chavirer dans une cascade érotique. Leur télépathie, tremblant d'un orgasme naissant, manque de le faire jouir dans l'océan.

Cramponné à elle, il remonte le long de son corps et l'embrasse encore. Il la pénètre telle une anguille, qui retourne gracieusement dans son antre. Elle gémit dans sa tête et lève le visage pour l'embrasser.

Je t'aimerai toujours, lâche-t-il en se déversant en elle.

CHAPITRE HUIT

omme un chiot*, Brianna repose sur la poitrine de Zantu, tandis qu'à quelques mètres plus bas, la canopée de varech ondule en dessinant des mouvements apaisants. Elle tend le bras, sort la main de l'eau. Le soleil couchant illumine les gouttelettes qui perlent au bout de ses doigts. Elle replonge sa main dans le ventre de l'océan, la fait courir sur l'abdomen vigoureux de Zantu. Avoir été séparée de lui l'a terrifiée. Tout dans cette immensité l'effraie. L'épouvante. Alors que l'adrénaline provoquée par la peur et la passion

---

* Le terme « chiot » est ici entendu comme le petit de l'otarie. Dans la version originale, l'autrice écrit *baby otter*.

régressent, elle réalise qu'elle est extrêmement en colère.

Comment as-tu pu me laisser seule ?

Zantu la resserre contre lui, sa queue balayant régulièrement l'eau.

Je suis désolé...

Elle le repousse et se débat jusqu'à ce qu'il la lâche, avant de marteler sa poitrine de marbre.

Et si tu n'étais pas revenu à temps ? Est-ce que tu as remarqué que j'avais cessé de respirer ?

Je t'ai fait surveiller par un chabot...

Un chabot ? Tu m'as laissée sous la surveillance d'un poisson ?

C'était une erreur, je le reconnais.

Il intercepte le poing qui lui tambourine le torse.

J'ignore pourquoi tu ne respirais plus. Le lien respiratoire est censé durer jusqu'à la nouvelle lune. Peut-être que cette sirène l'a brisé.

Une peur nouvelle naît au fond de ses tripes.

Lien respiratoire ? C'est un sortilège ? Et si on rompt le charme ?

Je ne te quitterai plus.

La détermination imprime les traits de Zantu.

Pas tant que je ne te saurai pas en sécurité.

Sa réponse évasive change la terreur de Brianna en soupçon.

Ce n'est pas ce que je t'ai demandé.

Tant que je suis près de toi, je peux regénérer le lien.

Elle fixe le ciel qui s'éteint vers la nuit.

Tu ne peux pas garantir d'être tout le temps à mes côtés.

Les méninges de Zantu sont prises dans un maelstrom, puis il se fixe sur une ébauche d'idée.

Mon frère connaît probablement une magie plus puissante.

Le poing de Brianna se contracte dans la main du triton et ses ongles s'enfoncent dans sa paume.

Je ne te permettrai pas de m'abandonner encore une fois.

Non, ça n'arrivera pas.

Et ?

Elle espère que les tritons disposent d'un moyen de communiquer à distance, même si elle sait que non. Sinon, il se serait déjà contenté d'appeler son frère depuis le nid au lieu de se déplacer.

Tu m'accompagnes.

Malgré le mur qu'il tente de bâtir au sein de leur connexion, son esprit envoie des images terribles à celui de Brianna : une horde de tritons la démembrant ; l'eau rougie par son sang ; un silence tombal alors qu'ils se dispersent, abandonnant son cadavre en pâture aux poissons.

Elle s'étrangle, et de l'eau marine lui remonte dans la gorge.

Qui sont ces tritons ?

La poitrine de Zantu monte avant de descendre dans un soupir résigné.

Te souviens-tu quand je t'ai dit qu'amener sa compagne dans le nid d'un autre triton est interdit ? La sentence quand on enfreint le pacte est la mort.

Son cœur bat si vite qu'elle craint qu'il explose.

Mais... même ton frère ?

Mon frère n'est pas comme les autres de mon espèce. Il m'écoutera.

Il pense avec assurance. Pourtant, elle perçoit un doute.

Pourquoi un châtiment si cruel ?

La plupart des tritons sont des créatures solitaires, qui évitent aussi bien les femelles que les mâles.

Il la rapproche de lui.

Malheureusement, certains tritons plus faibles ont cédé au désir de leur compagne en révélant l'emplacement des nids de leurs congénères. Un triton qui n'est pas accouplé serait contraint de s'unir à elle, tel un esclave. Quiconque la rejetterait subirait son courroux ; le triton et ses siréneaux. Des familles entières ont été décimées par une sirène. Le nid est supposé être un sanctuaire. Un refuge caché parmi les algues, loin des prédateurs et des femelles. Révéler l'emplacement d'un nid est un grand péché. L'exécution de la sentence est l'un des rares moments où les tritons se réunissent.

Elle déglutit péniblement, incapable d'effacer les violentes images de sa mémoire.

Je ne veux pas qu'il t'arrive quelque chose.

Rubac et moi partageons un lien spécial ; nous sommes plus proches encore que des frères. Nous avons passé des années à explorer les fonds marins en quête de trésors et de savoir. Quand Didra a mis la main sur lui, j'ai cru que cela signait la fin de notre fraternité, mais il est fort. Il me fait assez confiance pour que j'aille le voir dans son nid. Pour que je prenne soin de son enfant.

Et si tu me laissais repartir à la surface ?

Elle se presse plus obstinément contre lui, le visage dans son torse.

Je pourrais nager sur place et respirer à l'air libre en attendant ton retour.

L'esprit déjà assombri de Zantu devient tempétueux.

Il n'est pas sûr pour toi de rester là-haut. Les prédateurs te repéreront d'en bas. Les vagues peuvent t'engloutir et...

D'autres humains pourraient l'emmener loin de lui. Cette pensée lui échappe.

Je n'ai pas envie de te quitter, mon amour, fait-elle en caressant sa dorsale.

Il frémit, et le lien se teinte d'une amertume.

Je m'efforce de te faire confiance. Mais tout ce que je sais des femmes me bloque.

Du peu qu'elle sait — et a pu constater de ses yeux — des sirènes, Brianna a conscience qu'il lutte. Elle a envie de lui faire confiance. Croire qu'il s'ouvrira avec le temps. Et elle doit admettre que l'idée d'éviter les requins ou de ne pas boire la tasse paraît aussi peu probable que de survivre au voyage dans le nid de Rubac.

On oublie la surface. Il doit y avoir un autre moyen. Où Rubac a-t-il appris sa magie ? Est-ce qu'on peut se rendre là-bas ?

Des bulles s'échappent des narines du triton.

Les abysses sont encore plus dangereux que de t'emmener dans son nid. Je pense qu'il comprendra l'inédit de la situation. Surtout après que tu as rencontré Ebby.

Elle songe au siréneau et à la raison pour laquelle Zantu a dû partir.

Est-ce que ton nibling va bien ?

Ebby va bien, pour l'instant. C'est mon frère qui me préoccupe.

Un nuage d'incertitude voile les pensées de son compagnon.

Pourquoi ?

Son nouveau-né est mort. Sûrement dès la naissance. Mon frère est...

Dès la naissance ?

Un tremblement perturbe le lien psychique qui se met à grésiller, comme si la connexion allait être rompue. Un raz-de-marée inattendu de réminiscences la percute de plein fouet.

Le premier battement de cœur de son bébé. L'odeur de peinture fraîche de la chambre d'enfant. La première fois qu'elle a senti un coup de pied dans son ventre. Le jour où les coups ont cessé. La douleur d'un labeur sans fruit, d'un accouchement sans vie. La perte de connaissance bienvenue suite à l'hémorragie.

Puis Eric. Il se tient dans l'encadrement de la porte en lui annonçant qu'il s'est « occupé de tout ». Elle est restée inconsciente cinq jours, et les cendres ont été dispersées.

La brûlure de l'eau saline dans son nez et sa gorge la ramène au présent. L'eau l'oppresse. De partout. L'océan veut expulser l'air de son corps. Elle se rend alors compte qu'elle suffoque, et qu'il n'y a pas d'air autour d'elle.

Les mains de Zantu lui encadrent le visage. La seconde d'après, elle sent sa bouche contre la sienne. Aussitôt ses poumons se détendent. Son baiser est doux, tendre. Infusé davantage d'amour que de désir. Un port en pleine tempête. Il lui incline le visage et dépose des baisers le long de sa mâchoire en lui massant la nuque, comme pour calmer un étalon.

Maintenant, je crois comprendre pourquoi tu es venue à moi, murmure-t-il.

Elle a beau ne pas pouvoir utiliser ses cordes vocales sous l'eau, sa voix psychique est étouffée par la douleur.

Il me l'a prise. Je n'ai jamais pu dire au revoir à ma fille.

Je suis tellement désolé.

Il la soutient dans ses bras.

Peut-être est-ce en raison du lien télépathique, mais le chagrin sincère qu'éprouve Zantu est plus fort que tous les mots de réconfort reçus de sa famille et de ses amis. Bien plus fort que ce qu'Eric lui a donné ; lui ne comprenait pas pourquoi elle n'était pas heureuse d'échapper aux obsèques.

Elle fond en larmes et pleure avec son compagnon, comme elle n'a jamais pu le faire avec son mari.

Zantu la garde contre lui, sans rien dire, car les mots sont vains. Sa présence lui suffit. Cela lui suffit de savoir qu'il veut de tout son cœur arranger les choses.

Elle pleure ton son saoul, et l'océan accueille ses larmes.

Après avoir consolé Brianna, Zantu la guide à travers la forêt plongée dans la nuit. Elle se sent malheureuse, mais forte. Quelque chose en elle a changé. Comme si l'eau impure avait été emportée par la marée montante. Brianna a traversé beaucoup d'épreuves, même avant de le rencontrer. Il n'arrive pas à comprendre la chance qu'il a de s'être trouvé une destinée qui veut rester avec lui et qui désire même avoir des enfants. Des enfants qu'ils élèveront ensemble. L'anxiété qu'il ressent à mesure qu'ils approchent du nid de Rubac se mélange au besoin de partager ces bonnes nouvelles avec son frère. Qui aurait cru qu'une humaine soit une compagne aussi parfaite ?

Il pousse sur sa queue, les propulsant vers l'habitat de Rubac. Il croise les doigts pour que la nuit masque la présence de Brianna pendant qu'il parlera avec lui. Une partie naïve de lui espère pouvoir s'en tirer sans que son frère réalise que son nid a été découvert. D'un autre côté, il espère qu'il s'en rende compte et veuille rencontrer sa compagne. Il s'est toujours demandé comment un triton pouvait être assez faible pour montrer à sa compagne le nid d'un autre. Désormais, il parvient à comprendre en partie la volonté de présenter son âme sœur à ses frères.

Brianna s'agrippe à ses épaules, émotionnellement épuisée. C'est l'adrénaline qui le pousse à poursuivre. Il sonde l'océan en chantant. Un triton n'avance jamais à l'aveuglette, tant qu'il y a des repères pour l'écholocalisation. Un des dangers de l'océan est l'immensité sans aucun objet physique pour se guider, hormis le courant. Il prie pour que son frère ait des réponses, car s'aventurer dans les abysses est impensable avec Brianna.

Il atteint l'épaisse barrière de varech qui ceint le havre de Rubac, puis décroche les bras de sa compagne de son cou, guidant ses mains vers un rocher aussi rugueux qu'une bernacle.

Reste ici. Je serai juste de l'autre côté des algues. Si je te fais entrer dans le nid, ne le regarde pas dans les yeux. N'interagis pas. Et par-dessus tout, pas de contact physique. D'aucune sorte. Tu as vu ce qui s'est passé avec Ebby. Fais comme si tu étais invisible, d'accord ?

À l'ondulation ténue de l'eau, il devine qu'elle opine du chef.

Il lui caresse la joue avec ses phalanges, puis l'embrasse. Sa beauté ne permet pas à sa compagne d'être invisible, mais son frère est déjà accouplé et devrait être immunisé contre ses charmes. Songer à ses atouts lui allume un feu en bas du ventre. Il doit resserrer la bride sur son désir. Ce n'est ni le lieu ni le moment.

En lui tournant le dos, il écarte la dense végétation. En temps normal, il aurait annoncé sa venue avant d'entrer, mais il préfère doubler le chant sondeur de Rubac. Avec un peu de chance, son chant sonique passerait à côté de la présence de Brianna.

En franchissant l'entrée d'algues, il s'approche du mont recouvert d'éponges où repose ordinairement Rubac. Zantu connaît les lieux et s'approche à un mètre de son lit.

— Rubac, c'est Zantu.

Pas de réponse. Pas même un mouvement de l'eau pour signaler l'approche de son frère, ou d'Ebby.

— Rubac ? Ebby ?

La carrière demeure muette. À nouveau, il sonde le nid en chantant. Il n'y a personne. Il augmente la portée de son appel, fouillant le périmètre. Les jouets d'Ebby sont là où le siréneau les a laissés, et le lit d'éponges de mer est lisse. Tout semble en ordre.

Le pouls de Zantu s'emballe dans ses tempes. Quelque chose cloche. Il retourne vers Brianna, soulagé de la retrouver au même endroit.

Il n'y a personne.

Où crois-tu qu'il soit allé ?

Il se passe une main dans les cheveux. Tout ce qui lui vient à l'esprit, c'est Rubac emportant le corps de son nouveau-né vers le récif, à la lisière des profondeurs sauvages. Pourquoi a-t-il voulu faire ça en pleine nuit ? Mystère.

Sans doute aux obsèques de son enfant.

Oh.

L'esprit de Brianna se voile alors que sa perte dessine un mur lointain strié de cicatrices.

Tu ne devrais pas y assister aussi ?

L'inquiétude envers son frère en dépit de son propre chagrin le touche.

Les funérailles sont rares ; c'est un moment très privé quand il survient. Souvent, les membres de mon peuple meurent isolés, et on ne découvre leurs cadavres que lorsque les eaux ont emporté leurs os. Quand un être cher trouve leurs corps, on les transporte vers le récif et on les laisse sombrer dans une crevasse.

L'idée que Rubac puisse se situer où le varech s'arrête et où les abysses commencent le rend nerveux. Surtout la nuit, quand les prédateurs se lèvent pour chasser. Ebby ne pourra pas tenir la cadence de son père. Le siréneau aura besoin de repos. Mais dormir est impossible au milieu du courant qui aspire dans les profondeurs.

Il envoie un chant à longue portée qui traverse le varech. Quelques Demoiselles nocturnes. Rien d'autre. La forêt semble, elle aussi, tranquille. Il n'aime pas être hors de son nid.

On l'attendra ici. Je pense qu'il reviendra à l'aube.

Il ne sera pas fâché de nous trouver chez lui ?

Sûrement. Mais je ne vais pas prendre le risque de dormir dehors avec toi.

Il ouvre le rideau d'algues avec son coude et l'attire à l'intérieur. Le courant dans la carrière est plus clément, et il détend ses mains autour de ses hanches.

Tu veux t'allonger sur le lit ? Ou tu préfères flotter ?

Les doigts de Brianna se cramponnent à son avant-bras.

Je ne vois rien.

La fatigue générée par l'activité d'aujourd'hui semble l'accabler brusquement. Il se sent comme une bouteille noyée dans l'océan. Il pourrait appeler les planctons pour illuminer l'endroit, mais il se contente d'une simple décision.

Je crois qu'on ferait mieux de s'allonger sur le lit.

Il la porte jusqu'aux bouquets d'éponges de mer et se relaxe, permettant au poids de leurs corps de les étendre sur la surface souple. Brianna se tourne pour se blottir dans ses bras, dos à lui, bercée par le contentement.

— Tu es mon trésor des mers, fredonne-t-il dans ses cheveux.

Elle soupire et se blottit plus près. Le lent passage des gouttes sur sa peau détend ses muscles endoloris, puis il sombre dans un sommeil de plomb.

CHAPITRE NEUF

Brianna émerge du sommeil, ses paupières papillonnantes. Cette fois, elle ne se sent ni déconcertée ni apeurée. Un chœur de poissons accompagne l'aurore d'une mélodie calme. Elle se laisse aller dans l'étreinte chaude de Zantu. Elle apprécie la sensation d'une érection matinale derrière elle. Alors que l'esprit du triton est encore en proie au sommeil, le corps de Brianna la pousse à explorer. Doucement, elle fait descendre sa main, cherche la bosse hardie qui l'a réveillée.

Séquestré dans la poche de sa nageoire caudale, son sexe répond à la petite pression de sa main. Sans se réveiller, Zantu avance le bassin. Dépouillant volontairement son esprit de toute pensée, pour ne pas l'éveiller, elle pose ses doigts sur son ardent fourreau fermé d'écailles, puis cherche la pointe de son sexe sur laquelle elle presse son pouce. Elle sent la tension douloureuse entre ses cuisses alors qu'elle imagine se faire pénétrer. Cherchant plus bas, elle trouve ses bijoux de famille cachés à l'intérieur de son entre-nageoire. Elle les caresse, les fait doucement rouler entre ses doigts.

Zantu pousse son bassin avec insistance contre elle, puis referme hardiment ses bras autour d'elle, assez pour l'immobiliser sans lui faire mal. Un long râle monte de sa gorge et vient chatouiller le lobe de Brianna.

Bonjour, mon ange des mers. Ou devrais-je dire mon démon...

La vibration lui fait frissonner le ventre, créant une douleur qui exige qu'on s'occupe d'elle.

Il part à la recherche de ses mains qui jouent encore avec sa queue. L'encourage à l'empoigner plus fermement. Relève le bassin. Son membre lui effleure les fesses. Elle se frotte contre lui.

Par Neptune !... On est sur le lit de mon frère.

Et alors ?

Il la soulève de manière à ce que son cul s'aligne directement sur son sexe dont le sommet chatouille ses plis. Il prend ses deux seins en coupe, tire sur ses tétons jusqu'à les faire durcir.

Elle se cambre, incurvant ses hanches pour s'offrir à lui. Mais il résiste, continuant de jouer avec la limite.

Je veux baiser tes lèvres.

Elle pivote sur elle-même pour lui faire face, mais il la retourne.

Pas ces lèvres.

Il la soulève plus haut sur son torse, faisant glisser sa peau contre la sienne, tandis que ses puissantes mains guident ses hanches. Il rase son échine avec son menton, lui donnant la chair de poule. Quand il atteint sa croupe, elle sent sa langue caresser le haut de sa fente. Il prend ses fesses à pleines mains. Les écarte. Son pouce flirte avec la frontière de son rectum. Et elle lui fait comprendre par un gémissement lascif son envie d'aller plus loin, quel que soit le chemin.

Tout en la massant avec son pouce, il incline sa tête plus bas. Elle halète au moment où il glisse sa bouche entre ses jambes. Sa langue remonte le long de sa chair frémissante, jusqu'au petit bout de chair turgescent. La pression de sa bouche lui décoche des frissons de plaisir délirants.

Petit à petit, ils se retrouvent à flotter librement dans l'eau, loin du lit. Brianna s'agite pour trouver une prise à laquelle se raccrocher, quelque chose pour l'ancrer alors qu'il besogne son clitoris sensible avec sa langue et ses dents.

Accroche-toi à tes seins, ordonne-t-il. *Pince-les.*

Elle s'agrippe à sa propre poitrine, tire jusqu'à ce que les décharges de sa bouche s'accordent à celles qui lui foudroient les tétons.

Il prend son sexe à pleine bouche et lape chaque pli avant de plonger en elle. Elle s'arcboute, insatiable.

J'ai envie de toi, souffle-t-elle.

Un chant s'élève de Zantu.

Les vibrations graves s'insinuent dans son corps, la remplissent comme s'il la prenait. La sensation gagne des proportions démentielles. Elle n'en peut plus, mais prie en même temps pour que ce supplice dure toujours. Chaque muscle en elle s'étire, prisonnier du chant. La cadence régulière et rythmée fouille jusqu'au fond de son être. Le crescendo roule sur elle dans un long spasme jubilatoire.

En un mouvement, il la fait descendre et l'empale sur lui.

Elle vagit, perdue dans un nouveau crescendo qui l'entraîne vers l'orgasme. Il la maintient fermement sur lui tandis qu'il enchaîne les va-et-vient. Elle écarte les cuisses, crochète ses mollets autour de sa nageoire caudale. Elle veut qu'il la prenne jusqu'à toucher son âme. Qu'il se plante dans son sexe jusqu'à la fusion éternelle.

Il inspire violemment, lui agrippe la taille, puis se répand en elle.

Les rayons rosés du jour à travers le feuillage des algues qui surplombent le nid surprennent Zantu. Il s'est aussitôt endormi après l'amour, gardant dans ses bras sa compagne telle une perle précieuse. En se demandant ce qui l'a réveillé, il desserre doucement son étreinte et glisse le long du lit formé d'éponges. Rubac aura trouvé un refuge pendant la nuit, mais maintenant que la lumière du matin perce la surface, il peut rentrer d'un moment à l'autre. Il prie pour que son frère ne découvre jamais qu'ils ont fait l'amour dans son nid. Et s'il le découvre, le risque en valait la chandelle.

La symphonie ordinaire des poissons navigue dans les flots. Rien ne semble anormal. Zantu rechigne à appeler Rubac et risquer de réveiller sa destinée. Ainsi, il décide d'aller préparer le petit-déjeuner. Les jardins d'algues de son frère sont surexploités ; il ne va pas festoyer ce matin. Cependant, il refuse que son âme sœur démarre la journée le ventre vide.

Rubac n'emploie aucun objet humain. Il est contraint de farfouiller dans les jouets de Zantu pour dénicher un magnifique bol habillé d'un bleu profond. Emportant le récipient vers les abords de la carrière, il se met en quête de feuilles et de gousses comestibles, laissant les jeunes pousses pour de futurs repas. L'état du jardin est pire qu'il le pensait. Pendant combien de temps Rubac est-il resté à se morfondre, obligeant le pauvre siréneau à se nourrir sans son aide ?

Il décide de quitter brièvement le nid pour partir à la recherche de nourriture et vérifier qu'il n'y a rien d'alarmant. Peut-être trouvera-t-il un indice sur l'endroit où son frère et son nibling sont allés. Bien qu'il s'évertue à croire que tout va bien, son frère n'a pas eu l'air vraiment stable mentalement lorsqu'il l'a laissé.

En dehors du nid, le soleil chatoyant danse sur la forêt. La canopée au-dessus de lui se balance dans les ondes. Non loin, une Demoiselle Garibaldi fredonne des notes semblables à pluie clapotant sur l'océan. Plus loin, une murène fait claquer sa mâchoire aiguisée avant de retourner se tapir dans une crevasse. Zantu aperçoit un bouquet de goémons et se penche pour le cueillir.

Quelque chose lui effleure la nageoire dorsale. Il pivote. Une petite señorita jaune le fixe, la bouche ouverte comme si elle avait un message à lui passer.

— Que se passe-t-il, ma grande ?

— Désolé, mon frère, récite le petit poisson ; cette espèce équivaut au perroquet terrestre. L'élévation m'a appelé. Pardonne-moi, Zantu. L'élévation m'appelle…

Zantu fixe la messagère, sous le choc. Son frère a décidé de plonger dans les abysses malgré tout ? Et Ebby ? Les abysses… Il a sans doute embarqué le siréneau. Visiblement, ce poisson a été envoyé au cas où Rubac ne revienne pas, car il s'enfuit dans le varech aussitôt sa mission remplie.

Zantu lâche le bol et fonce vers le nid de son frère. Brianna roule sur le côté en le voyant reparaître. Elle s'étire dans une langueur qu'il n'a pas le temps d'apprécier.

Je dois aller chercher mon frère. Il a emmené Ebby dans les abysses.

Pourquoi ?

Elle se rassoit immédiatement en le dévisageant.

Il existe un mythe : une sorte de rites funéraires qu'on appelle l'élévation ; cela permettrait de libérer l'âme du cycle de l'océan. On ne peut l'accomplir que dans les profondeurs marines, accompagné d'une baleine bleue âgée.

Il la rejoint, l'enlace. Il réalise alors qu'il ne lui a jamais parlé du fond de l'océan ; il ne cherchait qu'à la protéger.

Les abysses se trouvent après la forêt, où vivent les requins, les calamars et autres prédateurs. Il n'y a rien de tangible là-bas pour s'orienter, seulement la force du courant, qui peut mettre à rude épreuve l'endurance d'un triton. Je ne peux pas t'emmener avec moi, Brianna. Et je ne peux pas non plus te laisser ici.

Elle lui tient les bras avant de le repousser.

Attends, qu'est-ce que tu insinues ?

Il prend alors conscience qu'il sous-entend la libérer. De la laisser partir.

Oh non, n'y pense même pas. On est unis, tu l'as oublié ? Quoi que tu fasses, on le fait ensemble. En plus, la terre est dans l'autre direction ; tu n'as pas de temps à perdre. Je viens avec toi. Donne-moi juste un couteau ou autre chose pour éloigner les prédateurs.

Il craque face à sa détermination. Il s'est efforcé de croire qu'elle voulait rester avec lui, mais une part de lui attendait qu'elle lui prouve le contraire. Que, comme toutes les sirènes, elle l'abandonnerait, sans un regard en arrière. Mais en cet instant, elle trifouille les jouets d'Ebby, en quête d'une arme. Avec l'intention de l'accompagner dans un périple qui pourrait les tuer tous les deux.

Ses doutes à l'égard de son âme sœur s'envolent à l'instant.

Cependant, cela n'élimine pas le problème.

Il cherche dans les statues miniatures de Rubac, ses bijoux et autres artéfacts mythiques, mais ne trouve rien qui puisse faire l'affaire. Relevant le nez, il voit Brianna brandir un long manche surmonté d'un filet plus large que ses épaules viriles.

Je peux l'utiliser pour chasser ou emprisonner les prédateurs.

Malgré la peur qui le tenaille, il esquisse un sourire.

Mon farouche ange des mers.

CHAPITRE DIX

Zantu maintient Brianna contre son torse avec fermeté avant de sortir de la forêt d'algues. Cela fait des heures qu'ils nagent en direction du grand gouffre où les grands monstres marins se donnent la chasse, souvent juste pour le sport. La fin nette de végétation et le plongeon soudain dans le vide lui donnent un haut-le-cœur chaque fois. Son dernier voyage dans les abysses remonte à la dernière tempête automnale, quand il a suivi une traînée de conteneurs d'un paquebot emportés par la marée. Ensuite, il s'est précipité vers une tentatrice à la chevelure de jais qui chassait dans les parages ; il avait failli y perdre sa liberté. À présent, il risque de perdre quelque chose d'encore plus précieux.

Il sonde les eaux noires de son chant. Grâce à son sonar, l'écho l'informera de ce qui l'attend et repoussera tous les calamars qui chassent avec insouciance. Pour les baleines et les requins, c'est une autre paire de manches. Ils sont plus difficiles à intimider. Toutefois, il se chargera du problème si l'occasion se présente.

Comment va-t-on les trouver ? demande Brianna.

Il pointe du doigt un sombre nuage de krills, qui interrompt la lumière lactée descendant du ciel.

Tu vois ces planctons ? C'est notre indice. Les baleines, que cherche Rubac, suivent ces crustacés.

Il émet un bref chant, vérifiant la présence d'animaux aux proportions gigantesques. Rien.

Je ne vois rien...

L'esprit fébrile de Brianna répond à l'anxiété de son destiné.

Il n'y a rien à voir. Les baleines n'ont toujours pas trouvé cet essaim de planctons. On continue de chercher.

Il continue de s'éloigner de la forêt pour s'enfoncer dans les eaux troubles. Deux kilomètres plus tard, les véritables fonds sauvages démarrent. Les eaux froides du nord se rejoignent et se repoussent sous le courant du récif. Il y a longtemps, il avait nagé dessous : quand Rubac et lui s'étaient aventurés hors du nid de leur père. Ils avaient trouvé leur premier trésor enfoui, et Rubac avait rencontré à ce moment-là les sages baleines qui perpétuent le mythe des océans.

— Entends-moi, Rubac, marmonne-t-il mélodiquement.

Est-ce qu'Ebby est capable de survivre dans les profondeurs glacées ? Et Brianna ?

Un battement de cœur lui parvient au loin. Puis, un mugissement grave résonne dans l'océan.

C'est quoi, ça ? s'inquiète Brianna en plantant ses doigts dans son épaule.

Il la serre contre lui pour la rassurer alors que son propre sang bat dans ses tempes.

Des baleines bleues.

Un grondement d'avertissement fend les eaux alors que la baleine détecte leur présence.

— Va jouer ailleurs, l'avertit la lourde voix du mammifère. Tu as fait assez de dégâts cette nuit.

Zantu ralentit.

— Je ne suis pas venu jouer. Je cherche mon frère et son enfant. Les aurais-tu vus ?

Une silhouette sombre nage au-dessus d'eux. Zantu bat des nageoires pour ne pas être emporté sur son passage.

— Ah, un triton, constate la baleine dont le corps s'étire infiniment dans le noir. Je t'ai pris pour une femelle. Vos sirènes se sont fait un malin plaisir à exciter les requins voisins.

Zantu résiste à l'envie irrépressible de sonder l'océan. Les requins sont un sacré problème auquel il est inutile de rajouter les sirènes…

— As-tu vu un autre mâle ? Il t'a sans doute demandé de l'aider pour l'élévation.

Le grondement se rapproche. Une bouche énorme s'ouvre devant eux, comme pour les avaler.

— L'élévation ? C'est curieux.

La bouche les dépasse, révélant l'orbe noir d'un œil, une lune sombre contrastant sur un disque pâle.

Pendant cette inspection, Brianna conserve un sang-froid remarquable. Elle n'éprouve pas de la peur, mais de l'enthousiasme. Elle a même envie de caresser la peau balafrée du cétacé.

Tu la comprends ?

Le grand œil les scanne alors que sa voix continue de grogner :

— Qu'est-ce que c'est ? Un humain ?

À bout de nerfs, Zantu bombe le torse et, souhaitant ne laisser planer aucun doute sur la force avec laquelle il protégerait Brianna, il tonne :

— Ma compagne.

La baleine cligne des yeux, puis semble soupirer.

— Cela doit bien faire un siècle que je n'ai pas vu un accouplement avec un humain. Tu as encore beaucoup à apprendre. Mais pour l'heure…

La créature adopte une voix tombale :

— … je crois que j'entends ton frère.

Au loin, Zantu perçoit à peine les notes familières de l'appel de son frère. La baleine répond avec un rugissement, qui semble secouer les tréfonds de l'océan, puis s'éloigne pour gober les planctons.

— Rubac ! l'appelle Zantu en allant à sa rencontre.

Tu l'as trouvé ?

Tandis qu'elle serre la main de son compagnon, elle tient fermement son épuisette, luttant pour ne pas la laisser être emportée par le courant.

Là-bas.

Ils laissent la baleine derrière eux, et Zantu appelle éperdument son frère pour le localiser. Le chant de Rubac s'est éteint. Mais les pépiements aigus d'Ebby s'intensifient.

— Tonton Zantu !

Zantu accélère, attiré par la voix de son nibling. Enfin, ses yeux se posent sur son frère.

Et sur la silhouette reconnaissable d'une sirène.

Zantu se pétrifie.

La baleine a dit qu'il y a une sirène dans les parages.

Oh merde.

Brianna brandit son épuisette devant elle avec vigilance.

Je ne vois toujours rien.

Je ne vois pas Ebby.

Une voix carillonnant retentit sur sa gauche, accompagnée des notes d'une harpe aquatique. Il pivote et entrevoit une queue indigo qui s'efface.

C'est pas vrai !... Il y en a plusieurs.

Il se retourne vers Rubac et s'avance, en espérant au moins trouver de la force dans le nombre. La sirène aux cheveux jaunes, qui joue avec son frère, possède une queue dorée. Didra.

— Oh, tu es venu te joindre à la fête ! claironne-t-elle en applaudissant gaiement. Rubac est tellement barbant.

— Où est Ebby ? tempête Zantu.

Une silhouette menue émerge des eaux clairsemées de planctons, et le soulagement l'envahit. L'enfant se tient à l'écart des sirènes, sur le qui-vive.

Un duo chanté dans son dos lui fait faire volte-face à temps, pour soustraire son âme sœur aux griffes d'une sirène aux cheveux noirs. Sa queue sombre capte la lumière dans un dégradé de vert irisé et violet profond alors qu'elle nage. Il lui manque un bout de nageoire que la cicatrisation a rendu irrégulier.

— J'ai entendu parler de toi, Zantu, roucoule une autre.

Sa voix lui est familière alors que des doigts agiles jouent avec les cordes de son instrument.

— Loia.

Elle éclate de rire tandis que son voile de poissons ondoie et suit ses mouvements au rythme de sa harpe.

— Je t'avais dit qu'une humaine n'était pas faite pour un triton. Encore moins un mâle robuste comme toi. Elle ne pourra jamais tenir la distance.

Brianna, raidie, a les phalanges blanchies sur le manche de son arme.

Qu'est-ce qu'elle dit ?

Des menaces.

Il sent derrière lui la légère variation dans l'eau alors que Didra change de position. Son frère demeure étrangement silencieux, le regard voilé, la queue flasque. Il n'y a aucune trace du nouveau-né.

— Rubac, ça va ?

Aucune réponse.

La sirène aux cheveux noir bleuté surgit d'en bas, rasant le membre de Zantu avec la pointe rougie de ses seins. Brianna se rétracte pour éviter d'entrer en contact avec elle, ce qui le déstabilise. Il la rattrape aussitôt et la ramène contre lui.

À moins d'un mètre, la sirène effectue un salto arrière pour se planter devant eux, faisant rouler un dard entre ses doigts. Aussitôt, Zantu comprend ce qui ne tourne pas rond chez son frère.

Un poison d'amour.

Une fausse déception se glisse dans la voix de la sirène dont la queue flotte dans une palette d'iridescence captivante.

— Je me demande ce qui se passerait si je la piquais ?

Il se redresse.

— Je te tuerai si tu la touches.

Les pensées de Brianna tourbillonnent comme un siphon, son attention passant d'une créature à l'autre. Elle pointe son filet vers Loia.

On est encerclés.

Des doigts jouent sur le long de sa dorsale et lui

chauffent le sang, alors que Loia entame son chant charmeur.

— Est-ce qu'on va enfin s'amuser ?

Il pivote pour chasser sa main. L'essaim de poissons se déploie autour d'eux telle une cage. Il envoie un ultrason pour les disperser. L'odeur de sang se répand dans l'eau. Celui de Brianna. Il doit la faire sortir de là. Emmener Ebby. Vite. Son frère… son frère va devoir se débrouiller sans lui. Repliant les muscles de sa nageoire, il s'élance entre Rubac et sa compagne.

— Ebby, nage jusqu'à la maison !

Quelque chose lui pique le flanc. Pendant un instant, il soupçonne un des sbires de Loia. Il balaie l'eau autour de lui pour se débarrasser du poisson, mais ne voit que le dard planté dans ses côtes.

Par les abysses !...

Le venin l'a touché. Il l'extirpe et continue, remarquant à peine la frêle silhouette d'Ebby, qui le suit à quelques mètres de distance. Une brume s'empare déjà de lui. Ses muscles l'élancent alors qu'il se démène pour mettre sa destinée à l'abri. Sa prise sur Brianna se relâche. Sa peau glisse, puis il la rattrape.

Elle se raccroche péniblement à sa nuque, battant pitoyablement des pieds pour l'aider dans sa fuite.

Zantu, qu'est-ce qui se passe ?

Elle m'a piqué avec du poison d'amour. Bientôt, je serai paralysé.

Il est désemparé. Son regard scrute les étendues vides en quête d'un endroit où il pourrait cacher Brianna. Encore une fois, elle s'échappe de ses mains, et il réalise que sa queue ne remonte plus le courant efficacement.

— Tonton Zantu, et papa ?

Par Neptune ! Ebby aussi est en danger ici. Didra ne permettra pas qu'on s'en prenne à son propre sang, en revanche, elle ne veillera pas à ce que sa progéniture arrive vivante jusqu'au nid.

— Ça va aller, dit-il en espérant ne pas mentir. Je vais bientôt être paralysé, comme lui. Tu dois regagner la forêt de varech. Emmène Brianna.

— Je ne connais pas le chemin.

Il ouvre la bouche pour parler, mais ses cordes vocales succombent à la toxine. Son bras refuse de maintenir Brianna, et elle se cramponne à lui comme à un morceau de corail mort.

Zantu ?

Tu dois guider Ebby.

Au moins, leur lien psychique fonctionne toujours.

Comment ? Je ne connais pas le chemin, et, même si je le connaissais, je n'arriverai pas à communiquer avec Ebby.

Remonte le courant en restant à gauche. N'entre pas dans le courant froid ; il t'entraînerait dans les fonds en une seconde. Si tu te retrouves en contact, reste à droite et nage le plus rapidement possible vers la surface.

Ebby frétille de peur, son regard turquoise en proie à la confusion. Il espère que son nibling se fiera à Brianna.

Le ricanement des sirènes se manifeste devant lui comme la grêle sur l'écume.

Embrasse-moi, dit-il.

Quoi ?

Tu dois me laisser, et je dois regénérer le lien respiratoire.

Imaginer sa compagne se noyer le saisit presque autant que le venin. Il espère seulement qu'elle atteindra la surface avant l'épuisement de la magie.

Non ! Elles vont te mettre en pièces !

La terreur qui ceint son esprit dépasse ce qu'elle a ressenti lorsqu'elle a été prise au piège dans les algues.

Si tu ne pars pas, Ebby et toi allez mourir.

Le regard de Brianna s'épingle au siréneau, puis son beau visage se crispe d'angoisse.

Je ne veux pas t'abandonner.

Je sais, fait-il en s'efforçant de rester serein pour la rassurer. *Mais tu dois le faire. Il faut que tu sauves l'enfant.*

Elle se mord la lèvre, puis accepte d'un signe de tête. Le chagrin rougit ses beaux yeux verts. Prenant le visage de son compagnon entre ses mains, elle pose ses douces lèvres sur les siennes.

Je t'aime.

Le poison ne le prive pas de ses émotions, seulement de ses mouvements. En cet instant, il s'estime heureux de pouvoir emporter un dernier souvenir d'elle avec lui.

Je t'aime, mon ange des mers. Maintenant, nage. Regagne le rivage si tu peux.

Elle le lâche, puis se tourne vers le siréneau, dont la queue scintille de vives couleurs sans parvenir à en choisir une pour se camoufler. L'enfant regarde Brianna, puis Zantu.

— Je vais prendre soin d'elle, tonton Zantu.

Ebby tend une petite main palmée et emporte Brianna loin des profondeurs.

*B*rianna s'agrippe à la main d'Ebby et bat des jambes pour l'aider. Le chant des sirènes résonne dans l'eau, cherchant à l'attirer de nouveau vers elles. Elle se demande si Ebby ressent le pouvoir de l'attraction, ou si les siréneaux dépourvus de sexe en sont immunisés. La raison biologique possible concernant la nature androgyne des enfants de l'océan paraît tout à fait logique à présent.

Le chant des tentatrices accentue sa réticence à laisser Zantu et l'oblige à puiser dans toute sa volonté pour continuer. Sans Ebby, elle serait restée avec lui et aurait combattu ces créatures sanguinaires de toutes ses forces. Elle prie pour qu'il trouve un moyen de s'échapper et de la retrouver. Il est plus fort que tous les hommes qu'elle a rencontrés.

Ebby la tire en se servant du courant pour aider leur fuite. Le moment est venu de le contourner et de retourner dans les nids de varech. Brianna s'accroche à la main de l'enfant et indique une direction de sa main libre, gardant le courant sur sa droite, selon les instructions de son compagnon.

Ebby arque les sourcils. À deux reprises, le siréneau cligne des yeux, puis bifurque.

Brianna expire, contente que l'enfant ne bataille pas. La dernière volonté de Zantu était qu'Ebby soit en sécurité. Elle compte bien faire tout ce qui est en son pouvoir pour exaucer cette prière, même si elle doit en payer le prix fort. Elle puise dans toute l'endurance qui lui reste pour nager. Mais l'épuisement s'installe déjà. L'épuisette s'alourdit dans les ondes, sûrement parce qu'ils vont désormais à contre-courant. Le pauvre siréneau se démène avec acharnement, mais ils ne semblent guère évoluer.

Une crampe lui foudroie le mollet, et elle se plie en deux pour tenter de se masser sans lâcher l'épuisette. Les minuscules marques laissées par les dents de poissons de la sirène continuent de saigner.

Elle déglutit, scrute l'eau. Zantu n'a-t-il pas parlé de prédateurs ? Un jour, elle a regardé un documentaire sur les calamars géants filmé en noir et vert montrant une créature de la taille d'un homme qui s'accrochait à la visière d'un plongeur ; le bruit de son bec alors qu'il mordait le plastique résonne encore dans sa mémoire. Zantu utilise sa voix pour repérer les prédateurs, pourtant Ebby nage en silence. Brianna espère qu'il s'agit d'une technique de survie, propre aux siréneaux, comme son immunité aux chants des sirènes.

Au-dessus d'eux, le disque du soleil paraît s'affaiblir, et la température de l'eau a chuté. Elle se réoriente vers la surface en se servant de l'épuisette comme d'une proue. Une autre crampe menace sa jambe, mais elle s'entête à battre des jambes jusqu'à ce qu'Ebby remarque et change de direction. La force du courant qui les tire vers le bas est encore plus redoutable que le courant externe. Une éternité semble s'écouler avant qu'un courant soudainement chaud donne un regain d'énergie à Brianna, qui se met à nager comme une forcenée vers le soleil.

Tout à coup, Ebby se pétrifie et se tourne pour regarder derrière eux. Un tremblement passe entre leurs mains. Brianna plisse les yeux dans le noir. Des ombres. Des ombres mouvantes. Les sirènes les ont-elles retrouvés ? La ligne vive d'une nageoire dorsale fend les eaux.

Requins.

Sérieux ? Des requins ? Elle a l'impression de jouer dans le pire film d'horreur de tous les temps. Elle empoigne plus fermement son épuisette, réalisant combien son arme ridicule est inutile.

Les créatures serpentent vers elle. Leurs mâchoires pleines de dents s'ouvrent pour savourer le goût cuivré dans l'eau. Un grand requin mène la danse. Lorsqu'un petit remonte à sa hauteur, le géant tourne brusquement la tête pour le mordre. Un troisième de taille moyenne dépasse la querelle, focalisé sur sa proie.

Pour la première fois, Ebby pousse un grand cri. Cela n'a rien à voir avec la voix de stentor de Zantu, mais l'enfant parvient tout de même à faire fuir les requins. Excepté le monstre colossal, qui se réjouit presque que le siréneau ait évincé la concurrence.

Brianna lâche sa main, cherchant à ce qu'il s'enfuie. Mais Ebby refuse de la laisser en faisant non de la tête. Est-ce qu'Ebby a un plan ?

La bouche du requin forme un ovale ceint de dents redoutables. Brianna pointe l'épuisette dans sa direction, espérant au moins le tenir à distance. Le requin est cependant plus agile et rusé qu'elle l'imagine. Il repousse le filet afin de remonter le long du manche. Au dernier moment, Ebby la pousse, et le corps rugueux de la bête rase son pied, lui râpant la peau à vif.

L'enfant pivote en frétillant vivement et crie encore. Le requin l'ignore et revient à la charge. La prise du siréneau, qui tremble de tout son long, s'accentue sur Brianna. Elle réalise alors que, malgré sa bravoure, l'enfant des mers n'est pas de taille face à ce monstre marin.

Rassemblant son courage, elle retire sa main de force, saisit l'épuisette à deux mains et dessine entre elle et le requin un arc de cercle d'une lenteur exaspérante. Si elle arrive à coincer sa bouche dedans, au moins Ebby pourra prendre la fuite.

Le siréneau pousse un autre cri, et le requin dévie à droite.

Tout droit dans le filet.

La créature fonce tête baissée, et le cerceau remonte jusqu'à sa nageoire dorsale. La tête de Brianna bascule en arrière sous la vitesse subite. Petit à petit, ses mains glissent sur le manche. Le filet semble à la fois énerver et désorienter le requin, qui se contorsionne et tourne sur lui-même, cherchant à se libérer. Brianna tient bon comme si elle retenait un tigre par la queue.

Ebby fonce devant le museau du requin et l'attire à lui. La créature tire de toutes ses forces, ralentie par le poids de Brianna. D'abord, elle croit qu'Ebby veut utiliser sa force pour les ramener au nid. Mais le siréneau retourne dans le courant.

Vers les sirènes et Zantu.

Apparemment, ils vont prendre le taureau par les cornes.

CHAPITRE ONZE

Zantu ferme les yeux et tente de repousser les effets de la voix de Loia, qui caresse son torse et ses bras. Sa mélodie s'étire, complimente son physique, promet monts et merveilles. Sa main trouve son entre-nageoire et cherche à libérer son sexe.

Puis une autre voix se joint à elle, luttant pour la dominer. Il ouvre légèrement les yeux. La sirène aux cheveux noirs ondule sous une faible lumière, sa peau irisée alterne les couleurs de manière envoûtante. Ses seins carmin pointent, aussi vifs que le dard qu'elle lui a planté. Elle entrouvre lascivement la fente charnelle de sa queue caudale, et il sent malgré lui son membre répondre à cet appel.

Loia s'oppose d'un cri strident, envoyant sa cohorte de poissons sur la nouvelle sirène.

— C'est mon dard qui l'a paralysé ! réplique l'autre.

L'eau se transforme en un vortex d'écume et de poissons en charpie alors que les deux femelles en viennent aux mains. La sirène irisée pivote et gifle Loia d'un coup de queue. Loia plaque sa main sur sa bouche qui se met à saigner. Elle bat en retraite, sa harpe aquatique disparaissant.

La sirène victorieuse ondule vers Zantu, un sourire carnassier aux lèvres.

Loia revient à la charge et fond sur elle, la bouche béante, alors qu'elle s'apprête à planter ses crocs dans son épaule.

Un éclair doré surgit. Didra dépasse les deux combattantes pour plaquer ses mamelons bruns, comme le corail, contre le torse de Zantu. Son chant est subtil aux oreilles du triton, calme, et affreusement tentant.

Son sexe se dresse contre sa fente. L'impuissance dans laquelle le poison d'amour le retranche lui lacère le cœur et lui brûle les veines. Il s'insurge contre l'injustice d'un sexe qui détient tant de pouvoir sur l'autre. Il enfonce ses ongles dans ses paumes alors qu'il ordonne à tous ses muscles de se battre contre la promesse du plaisir.

Après un autre cri enragé, Didra lui est arrachée. Des éclairs d'indigo, d'or et de noir irisé s'amoncellent dans une danse enivrante. Les eaux se troublent dans ce bain de sang et de chair de poissons. Un chant furieux de sirènes monte en puissance alors que chacune cherche à écharper l'autre, leurs voix s'unissent pour n'en former qu'une, une mélodie primitive et sexuelle.

Son pouls affolé cogne dans ses oreilles plus vite que le tempo de la musique qui tourbillonne dans l'eau assombrie. Il serre les poings en se concentrant sur ses ongles qui mordent ses paumes. Peut-être que la toxine s'évanouit. Si seulement il pouvait s'échapper, pendant qu'elles se le disputent.

Sorti de nulle part, quelque chose déboule dans la mêlée. Il a à peine le temps d'identifier la silhouette massive d'un requin… avec une humaine qui le suit telle une lamproie.

Brianna ?

Le chaos est tel qu'il n'arrive pas à entendre de

réponse. L'eau trouble s'empourpre davantage, et les cris des sirènes n'ont plus rien d'attirant.

Brianna !

Sa vision doit lui jouer des tours. Comment peut-elle maîtriser un requin ? Même dans les meilleures circonstances, les gens de son peuple ne peuvent exercer autant de contrôle sur ces bêtes, à part en les montant les unes contre les autres. Or, Brianna ne sait pas chanter.

Il remue la queue, rassemblant toutes ses forces pour combattre le venin qui s'estompe et retrouver sa mobilité.

Une voix lui parvient. Non pas dans l'eau, mais dans sa tête.

Zantu !

Brianna ? Où es-tu ? Je t'ai dit de t'enfuir !

La silhouette d'un siréneau émerge du nuage pourpre, maladroitement suivie d'une humaine. Le craquement vorace d'os confirme que le requin est plutôt occupé.

On est là pour te sauver, déclare-t-elle avec ferveur.

— Où est mon papa ? sanglote Ebby.

Retrouvant sa force, Zantu se tourne pour indiquer l'endroit où il a aperçu Rubac pour la dernière fois. Ebby lui prend la main et commence à traîner son oncle et Brianna. Alors que le venin quitte son métabolisme, il se joint à ses efforts.

Il lance un appel auquel un chant familier lui répond faiblement. Rubac. Ebby les lâche et s'élance. Zantu en profite pour ramener sa compagne contre lui.

Tu n'aurais pas dû revenir.

Elle enroule ses jambes autour de lui et enfonce son visage dans son cou.

J'ai cru que je t'avais perdu.

Par les abysses ! Comment as-tu réussi à maîtriser un requin ?

Je n'ai fait que m'accrocher. C'est Ebby qui a tout fait.

Mais son corps fébrile dit tout le contraire. Il l'enlace, savourant le parfum de ses cheveux et de sa peau. Son imagination se remplit d'autres scénarios.

Tu as eu de la chance cette fois.

Rubac apparaît à travers les flots sombres, les mouvements de sa queue rendus irréguliers par le poison. Ebby lui tient la main pour le guider.

Zantu adresse par-dessus l'épaule de Brianna un regard à son frère.

— À quoi pensais-tu, Rubac ? Les abysses ne sont pas un lieu pour un siréneau.

— Tu as refusé de m'aider, se défend-il en baissant la tête. C'est ici que notre père nous emmenait. Ebby a voulu venir.

— Je voulais voir une baleine.

Ebby regarde son père avec l'insouciance d'un enfant qui ignore la mort.

— Mais on a perdu le bébé, finit l'enfant.

Une partie de Zantu pleure la perte de son frère.

— Que s'est-il passé ?

Rubac se cache dans ses mains. Ebby nage vers lui pour lui faire un câlin, puis répond à sa place :

— Didra l'a jeté dans les abysses.

La pitié dans le cœur de Zantu s'étend. Hélas, il n'y a plus rien à faire.

— L'enfant est retourné à la mer. C'est tout ce que n'importe qui peut espérer.

Serrant fort sa destinée contre lui, il guide le groupe vers la forêt brune.

Zantu porte Brianna, qui s'est endormie, jusque dans son nid et l'allonge sur le nid d'éponges. Il passe la nuit à l'enlacer, la caresser, faire l'amour avec elle, graver chaque instant dans sa mémoire pour qu'ils durent toute sa vie. Il désire la garder près de lui pour toujours, mais s'il y a une chose que lui a apprise l'incident d'aujourd'hui, c'est que la place de son âme sœur n'est pas dans l'océan. Elle ne sait pas chanter. Elle n'entend pas toutes les gammes de notes dont regorgent les eaux. Et même si le lien respiratoire peut être rendu permanent, elle ne saurait pas se défendre ; l'épuisette n'a été qu'un coup de chance, qu'il ne fallait pas retenter.

Sa place est sur la terre ferme.

Si elle reste ici, cela signifie la mort. Pour eux deux. Et bien qu'il soit prêt à se sacrifier pour elle sans hésiter, la pensée qu'elle puisse mourir à cause de son caprice de la garder est intolérable. Le seul endroit où elle sera en sécurité est parmi les siens.

Il sait qu'elle n'acceptera pas sa décision. Elle résistera. C'est drôle… Il s'apprête à faire exactement ce qu'il redoutait du lien d'âmes sœurs.

Dès les premières mélodies matinales, il la soulève doucement et la porte hors de son nid. Alors qu'ils se dirigent vers la côte, chaque barrière de corail est un nouveau poids sur son cœur. Il remonte à la surface. Une lumière d'or caresse les vaguelettes qui lèchent la crique qu'il a choisie pour elle. L'air auquel il n'est pas habitué lui comprime les poumons, le poussant à rebrousser chemin. En dépit du chagrin, il s'oblige à poursuivre, car il sait que c'est le seul moyen de la protéger. La plage de galets est vide sous le soleil levant, mais un petit bateau flotte le long de la grève. Entre les arbres tordus juchés sur une falaise, une maison donne sur l'océan.

Brianna s'éveille alors que la queue de Zantu frotte contre le sol tapissé de cailloux. Ses pensées encore soumises au sommeil cherchent le réconfort.

Zantu ? Où sommes-nous ?

Il pose ses pieds sur le sol.

Tu dois rentrer chez toi, mon ange des mers.

Elle se pelotonne contre lui, ses doigts glissant sur ses épaules.

Attends ! Je ne comprends pas !

Il serre les dents, plonge sous les vagues et s'éloigne le plus vite possible du rivage.

Zantu, ne me quitte pas !

Ses cris le poursuivent jusqu'à la lisière des profondeurs.

Zantu erre au croisement des eaux froides nordiques et du courant au large des lits de varech. Depuis qu'il a abandonné sa compagne, les ténèbres des eaux sauvages semblent le happer. Il a passé les quatre dernières lunes à sillonner les fonds en quête de trésors. Son nid est rempli d'objets humains : des cadres de photos, des engins plastiques inconnus…

Mais rien de tout cela n'est ce qu'il désire du monde humain.

Il contourne la carcasse en acier d'un paquebot qui s'est échoué sur un récif. Il a l'air en bon état. Le courant froid s'est infiltré dans son corps, et ses doigts sont raides alors qu'il saisit un morceau de basalte pour casser la serrure. Le peuple des sirènes ne possède pas les couches de graisse qui permettent aux baleines et autres mammifères marins d'affronter les eaux froides. Or, il a dépassé les limites de son corps. Cependant, chercher des artéfacts humains est la seule chose qui l'anime depuis qu'il a quitté Brianna. Alors il poursuit sa quête.

Le métal rouillé grince sous l'impact. La serrure brisée, il cale son épaule sous la barre qui sécurise la porte et pousse. Le loquet cède dans un bruit sinistre que les gonds imitent alors qu'il ouvre la porte. Les yeux plissés, il sonde l'épave pour fouiller son contenu.

Des tonnes de tissus moisis.

Il s'effondre sur le rebord rocheux, abattu. L'océan a gâché son trésor. Visiblement, une histoire similaire à la plupart des humains qui s'aventurent dans son monde. Brisés. Décomposés. Incapables d'y survivre.

Le grondement familier d'une baleine lui parvient, et il réalise qu'il s'est attardé dans ce territoire. Ses jointures sont transies de froid, et son cœur bat péniblement. S'endormir apparaît comme une bonne idée.

La baleine secoue l'eau, appelant les krills pour se nourrir. Les baleines font partie des rares créatures, poissons et mammifères confondus, à composer leur chant de paroles. Rubac est convaincu qu'elles sont les gardiennes de mythes et pleure encore la dernière chance qu'il a eue d'apporter l'élévation à son nouveau-né.

Zantu repense à sa dernière rencontre avec l'une d'entre elles, quand Brianna était encore avec lui. Et la baleine n'a pas nié l'élévation, alors il y a peut-être un fond de vérité dans la légende.

Néanmoins, elle a dit autre chose. Quelque chose qui lui revient tout juste en mémoire.

Cela doit bien faire un siècle que je n'ai pas vu un accouplement avec un humain. Tu as encore beaucoup à apprendre.

Son front se plisse et son sang bat un peu plus vite. Qu'est-ce qui lui reste à apprendre ? Est-il passé à côté de quelque chose ? Rassemblant son courage, il ordonne à ses muscles de le porter jusqu'à la créature.

Il l'aperçoit qui tourne vers la surface, son corps immense et couvert de cicatrices à contre-jour.

— Grande baleine…

Les eaux glaciales l'ont dépouillé de sa voix. La créature remarque le petit visiteur, mais continue à avaler les nuées de planctons, la bouche béante.

— Grande baleine, j'ai une question, réessaie-t-il.

Elle continue de l'ignorer en tournoyant dans l'océan.

— Je t'en supplie, je suis uni à une humaine, insiste-t-il. J'ai besoin de ton aide.

Elle interrompt sa mélodie. Son corps dur comme la pierre ralentit. Elle tourne sa gigantesque pupille noire vers lui.

— Une humaine ? Que s'est-il passé ?

Il se laisse emporter par le récit de son histoire comme dans une baïne, expliquant leur rencontre, comment elle lui a prouvé sa loyauté, comment il a été forcé de la libérer. Revivre les évènements l'éprouve psychologiquement.

La baleine reprend sa promenade circulaire au milieu des planctons.

— Si elle ne peut pas rester avec toi, pourquoi ne la rejoins-tu pas ?

Le cerveau de Zantu s'arrête.

— La rejoindre ? Comment ?

— Ton peuple et le sien se sont séparés il n'y a pas si longtemps dans l'histoire du monde. Tu peux respirer leur air, n'est-ce pas ?

Bien que le peuple de la mer évite la surface, Zantu a en effet inspiré l'oxygène plusieurs fois.

Un son semblable à un rire s'échappe de la créature.

— Ton peuple a-t-il donc oublié tout le savoir de vos magies ? Tout comme tu peux lui offrir le don de l'océan pour respirer dans l'eau, elle peut t'offrir celui de la terre.

Zantu a l'esprit en pagaille.

— Tu veux dire… des jambes ?

— Les véritables âmes sœurs doivent faire des compromis pour rester ensemble. Il arrive qu'un des deux en fasse plus que l'autre, et vice versa. C'est ainsi que vont les choses, s'ils désirent rester ensemble.

— Je pourrais vivre sur terre, dit Zantu perplexe.

— Tout à fait.

La baleine remue sa nageoire, poursuivant son festin de planctons.

— Attends ! Comment ?

Mais la créature ne s'arrête pas. Ses mots résonnent tel un écho mélodieux :

— Si tu es uni à elle, tu as déjà la réponse.

Zantu n'est pas certain de comprendre. Mais il a bien l'intention de découvrir le sens caché de ces paroles. Requinqué par l'espoir, il remonte à la surface.

CHAPITRE DOUZE

Enveloppée dans l'effluve du vent marin et des algues échouées, Brianna se relève du rocher humide et referme le panier de pique-nique, qui gardait son déjeuner. Face à la mer, elle balaie les grains de sable de son pantacourt en coton. Comme toujours, l'étendue ardoise mouvante lui envoie ses murmures et les ondes relâchent sur la grève des promesses illusoires. Parfois, les vagues nettoient la plage, déposant des galets translucides scintillants sous le firmament doré. D'autres fois, elles exhalent des détritus par rangées. Aujourd'hui, la plage est propre.

Comme chaque fois, elle quitte la crique en criant dans son esprit :

Zantu !

Comme chaque fois, le silence lui répond.

Peut-être que sa psychologue a raison : son temps dans l'océan était une hallucination et son âme sœur un fantasme.

En signe de désapprobation, l'enfant dans son ventre roule, une sensation semblable à de minuscules bulles. Elle pose une main sur son ventre arrondi.

— Ne t'en fais pas, mon bébé. Je sais que je ne suis pas folle.

S'étant forcée à retourner vers les terres, elle avait gravi les marches de la falaise. De toute évidence, le chalet gris en bois flotté était abandonné depuis longtemps. Pourtant, la porte était ouverte. À l'intérieur, elle avait trouvé de vieux vêtements. Après avoir brièvement remonté le sentier, elle avait gagné la route et arrêté une voiture pour rejoindre la ville.

Au cours de la semaine, Eric avait signé les papiers du divorce sans poser de questions. Peu après, elle avait découvert qu'elle était tombée enceinte. L'idée d'élever seule un enfant lui fend le cœur, mais il n'y aura aucun autre homme, elle le sait. Zantu était son âme sœur et le restera. Elle avait acheté le petit chalet qui surmonte la falaise et s'ouvre sur la plage. Puis, elle s'était mise à travailler au centre de recherche marine tout proche. Elle n'est que comptable, mais travailler près des poissons et d'autres créatures la fait sentir chez elle.

Et, quelquefois, elle est persuadée de les entendre chanter.

Chaussée de sandales, elle avance prudemment sur la plage ornée de galets en direction des marches menant à sa demeure. La marée monte. Et bien qu'elle rêve parfois de se rejeter dans les bras de l'océan, elle sait qu'elle ne doit pas espérer être sauvée une seconde fois. D'ailleurs, il y a une autre vie à considérer.

La rafale dans son dos semble l'appeler alors qu'elle s'en va. Les galets crissent sous ses pas.

Brianna...

Elle se fige. Incline la tête. Ferme les yeux, pour accepter la caresse du vent. Souvent, elle rêve de son nom sur les lèvres de celui qu'elle aime. La sensation qu'il murmure contre sa peau.

Brianna...

Elle soulève les paupières. Ce n'est pas le vent.

Zantu ?

À nouveau, le bébé roule dans son ventre, agité comme s'il dansait sur une musique.

Brianna, j'ai besoin de toi.

Elle manque de se tordre la cheville sur la plage irrégulière en se tournant vers l'océan. Une queue d'argent frappe l'eau au bord de la falaise.

— Zantu, prononce-t-elle à voix basse.

L'air dans ses poumons refuse d'obtempérer.

— Zantu !

Sans se soucier de ses sandales, de son allure ou de ses vêtements, elle balance le panier de pique-nique et court à toutes jambes vers les vagues.

— Zantu, je suis là !

Un visage se dessine hors de l'eau, plus près qu'auparavant. Une chevelure argentée se mêle à l'horizon grisé par les nuages, puis disparaît.

Elle s'immobilise quand l'eau atteint sa taille. Ses sandales glissent sur le sol inégal. La houle la soulève et la redépose. A-t-elle halluciné ? Elle scrute les ondes. Tout son être l'appelle.

Je suis là !

Un éclair argent miroite sous l'eau, puis le torse nu et ruisselant de Zantu se détache de la surface.

— Oh mon Dieu.

Elle avance encore, glisse et finit dans les bras. Elle parsème son visage de baisers et suffoque alors qu'ils se retrouvent sous l'eau. Elle l'embrasse à pleine bouche.

Il la repousse et la ramène à l'air libre.

Non.

En toussant, elle lui saisit les épaules, cherchant le fond avec ses pieds.

Dans ce cas, pourquoi es-tu venu ? Je t'en prie, ne me quitte plus.

Il se dresse face à elle, l'aidant à se stabiliser. Elle passe ses bras autour de son cou, enroule ses jambes à sa taille.

Je ne te laisserai plus partir. Tu dois m'emmener avec toi.

Gloussant contre ses cheveux, il fait glisser ses mains sous ses cuisses pour la porter et se déplace vers le bord de mer. Il titube, mais se rattrape pendant qu'il marche vers la terre.

Hein...

Brianna manque de le lâcher.

Je suis venu te retrouver, mon ange des mers. À ton tour de m'offrir ta magie.

Sortant de l'eau comme une divinité de l'Antiquité, il la porte vers les marches de la falaise.

Tu es humain !

Désarçonnée, elle fait retomber ses jambes et l'arrête.

As-tu vraiment l'intention de rester ?

— Oui.

Pour la première fois, il utilise sa voix pour communiquer avec elle. Malgré un accent, sa voix est distincte, grave et terriblement séduisante.

Elle recule d'un pas pour contempler ses larges épaules, son abdomen ciselé, puis son sexe qui se balance au vent au milieu d'une toison argentée. Sa nageoire caudale a laissé place à des jambes athlétiques, parfaites. Son attention s'aimante à son entrejambe.

— Tu es tout nu ! Et tu es un homme.

En réponse, son membre tressaille avant de se dresser.

— C'est ça.

Malgré la tentation, elle se force à river de nouveau son regard vers le sien. Ses pupilles sont du même acier que dans ses souvenirs et ses lèvres toujours aussi pulpeuses. Elle lève la main pour suivre les contours de sa peau soyeuse.

En bas de la plage, la voix d'un enfant interrompt la rêverie lubrique de Brianna. Bien que la crique ne soit généralement pas fréquentée, elle n'est pas privée. Plus tard, ils auront le temps d'explorer le corps de Zantu. Beaucoup de temps.

— Il faut qu'on te trouve des vêtements.

Elle ôte son imperméable et le passe sur les hanches de Zantu. Cela ne cache pas tout, à son grand regret et bonheur, ainsi elle doit marcher tel un crabe pour camoufler ses bijoux de famille.

— Pourquoi as-tu le droit d'enlever tes vêtements alors que je dois m'habiller ?

Il tire sur le nœud de l'imper et elle interrompt son geste.

— Tu as beaucoup à apprendre sur les humains.

— J'ai hâte.

Elle prend sa main et le guide, passant devant les regards curieux des deux enfants qui jouent avec leurs cerfs-volants au bord de la plage.

Tu vas devoir apprendre dans le grand bain… papa.

À son incompréhension momentanée succède un cri de joie qui résonne contre les parois de la falaise, déclenchant l'hilarité des enfants à proximité. Il la soulève dans ses bras et tourne sur lui-même, tandis qu'elle rit aux éclats.

Ensemble, ils montent l'escalier conduisant à leur nid qui surplombe l'océan. Brianna a trouvé son âme sœur. Le grand amour. Le père de son enfant.

Chers lecteurs,

Merci pour avoir lu *Le Baiser du triton* ! J'espère que votre plongée sous-marine aux côtés de Zantu et Brianna vous a plu. Le prochain livre de la série *Les Monstres et leurs Âmes sœurs* s'intitule *La Quête du triton*.

Découvrez ce qui est arrivé au frère de Zantu, Rubac, qui n'a maintenant plus de compagne…

Continuer de lire pour découvrir un extrait.

Affectueusement,
Tamsin

PS : Inscrivez-vous à la newsletter VIP et obtenez une scène exclusive du livre *Le Baiser du triton*.

https://dl.bookfunnel.com/svn7f5n4yz

LA QUÊTE DU TRITON

EXTRAIT

Chapitre 1

Madison se tient en équilibre sur le pont du bateau qui tangue sous le mouvement de l'océan. Zoomant sur sa longue-vue, elle fixe son attention sur la crête blanche des vagues qui se brisent sur les récifs. Cela fait trois jours qu'elle suit un pod de dauphins. Malheureusement, elle l'a perdu de vue hier alors qu'elle s'apprêtait à se rapprocher pour vérifier sa découverte : un wholphin. Il s'agit d'un animal hybride issu d'une fausse orque (*Pseudorca crassidens*) et d'un grand dauphin (*Tursiops truncates*). Il n'existe qu'un spécimen, né en captivité, et personne n'a pu prouver qu'un autre vit en liberté. Madison a besoin de preuves, de photos, mais surtout d'un prélèvement d'échantillons, car l'ADN est irréfutable. Une telle découverte lui permettrait de relancer sa carrière.

Une vague échoue contre le bateau, et Madison vire de bord pour s'orienter face à la houle. Tenir la barre seule tout en menant ses recherches est un peu compliqué. Cependant, après l'incident de l'an dernier, elle ne se voit pas compter sur quelqu'un d'autre à nouveau.

Vache de mer, mon cul.

Ce mammifère marin avait disparu il y a plus de deux cent cinquante ans… autant chercher une sirène ! Pourtant, Madison avait mordu à l'hameçon et mis sa réputation en jeu en appuyant les « données » fournies par ses étudiants diplômés. Elle agit désormais en solitaire et finance elle-même cette excursion en mer dans l'espoir de tomber sur la trouvaille du siècle afin de sauver sa réputation.

Je vais leur montrer, moi...

Elle jette un coup d'œil au sondeur. Presque trois cents mètres. Elle remet ses lunettes de soleil polarisées pour étudier l'horizon. Comment est-elle censée exécuter le boulot d'une dizaine d'assistants en recherche ? Vérifier chaque donnée ? Respecter le calendrier de publication de l'université pour la titularisation ? Ces satanés étudiants prétendent qu'il s'agit d'une blague qui a dégénéré, pourtant personne n'en subit les conséquences à part elle. Le malaise causé par les commentaires assassins de la revue scientifique ; le battage médiatique quand on avait « débunké » sa découverte... Tout cela avait foutu sa vie professionnelle en l'air. Elle avait perdu son poste à l'université ainsi que sa bourse de recherche. Même le type qu'elle fréquentait, un vétérinaire au centre de recherche, ne voulait plus être associé à elle.

Elle enregistre les coordonnées de son GPS, puis se dirige vers une zone où l'eau noircit ; la canopée de varech affleure à la surface. L'eau verdoyante fouette la coque, projetant des gerbes salées dans l'air. Madison adore la mer, l'odeur saline, le roulement du pont sous ses pieds, la morsure de l'eau froide sur sa peau. Le soleil a beau taper, la brise hivernale dissuade de piquer une tête. Sinon elle se serait déjà déshabillée pour rincer trois jours de saletés accumulées sur sa peau.

Où est passé le pod de dauphins ? Ses yeux partent à la recherche de silhouettes sombres et familières sous les vagues. Ils ne devraient pas tarder à resurgir. Ses deux flèches pour l'échantillonnage biologique sont prêtes. Il ne lui reste plus qu'à s'approcher d'eux. L'équipement a englouti une grande partie de ses économies. Idem, pour la location du bateau, qui arrive à son terme.

Elle coupe le moteur en espérant que les dauphins remontent, mais ceux-ci ont l'air particulièrement méfiants. Ils ne sont pas aussi curieux envers les navires que leurs semblables et demeurent hors de portée des flèches de Madison, à croire qu'ils savent à quelle distance elle a besoin de tirer.

Elle fait volte-face lorsque quelque chose frappe la poupe. Le pont est si petit qu'au bout de trois foulées, elle atteint le carter moteur avant de scruter l'horizon. Malgré ses verres polarisés, l'eau miroitante l'empêche de distinguer ce qui se cache sous la surface.

Un autre coup, à tribord cette fois.

Elle tourne assez vite la tête pour voir replonger un animal de la taille d'un dauphin à la queue verte…

Verte ?

Il existe des spécimens bleus, gris, marron… Mais pas verts. C'est du jamais vu. Est-ce qu'il est coincé dans les algues ? Peut-être est-ce une carcasse qui flotte. Néanmoins, le choc n'avait pas donné l'impression d'un poids mort heurtant la coque.

Elle sort la caméra de sa poche pour se préparer à filmer au moindre mouvement. Pendant dix minutes, elle patiente. Puis vingt. Rien.

Quel que soit l'animal, il ne semble pas décidé à se remontrer.

Rubac part dans les fonds marins, laissant derrière lui l'ombre du bateau. L'enthousiasme qu'il a ressenti en tombant sur une humaine isolée a vite été éclipsé par l'urgence de sa quête. Le cœur emballé, le corps tendu, il frotte l'éclat de nacre qui lui traverse le téton, espérant retrouver confiance en lui. La prophétie qui lui était apparue lorsqu'il somnolait dans le creux de la nageoire de la grande baleine ne semble plus aussi nette.

Son frère s'est toujours moqué de ses croyances mystiques, de sa foi en l'existence d'âmes sœurs et de ses prémonitions. Mais Rubac se fie à ses propres sensations. Il sait ce qu'il a vu et ce qu'il veut. Il lui faut une nouvelle compagne, sa chance de salut. Elle le libérera d'un lien d'âmes sœurs dont il n'a jamais voulu et qui risque de bientôt le tuer à présent que sa sirène est morte.

Alors pourquoi hésite-t-il ?

Il s'installe entre deux gorgones et s'accroche à elles pour échapper au courant, l'air tourmenté. Son habitude tenace d'éviter les femelles le cloue aux fonds de l'océan.

Ce n'est pas une sirène, se rappelle-t-il. *C'est toi qui vas la tuer. Pas l'inverse.*

Quand il a eu cette vision, il a d'abord eu du mal à croire en la partie lui montrant qu'il trouverait une humaine sans défense. Pourtant, l'occasion s'est présentée le lendemain. Il est persuadé d'être guidé par un esprit. Le voilà face à sa quête dont l'étape finale ne lui pose aucun problème : tuer une femme n'a rien de compliqué, une fois qu'elle sera sous l'eau. Non, le souci, c'est la première partie… Celle où il doit la séduire, ce qui n'est pas simple pour un triton qui possède déjà une compagne, morte ou vive.

À l'inverse des femelles de son espèce, qui ont pour habitude de tuer leurs amants et de les abandonner, les tritons se lient à leur partenaire pour la vie. Un triton qui s'est déjà accouplé est condamné au malheur, puisque sa compagne s'éclipse sans arrêt. Ainsi, il élève les enfants et les porte comme un hippocampe jusqu'à ce qu'ils s'en aillent, eux aussi. La plupart des tritons meurent de chagrin. Maintenant que le siréneau de Rubac a choisi son sexe et quitté le nid, le triton refuse de se laisser dépérir. Non, autant en finir au plus vite. Ainsi il s'est aventuré dans les abysses où il a découvert le secret de la liberté.

Une autre peur s'empare de lui. Et s'il est… *impuissant* ? Une sirène réduit littéralement un mâle en pièces s'il n'est pas capable de la combler. Les humaines sont-elles aussi impitoyables ?

La lumière de la surface vacille et s'assombrit à mesure que le bateau progresse au-dessus de lui.

C'est elle qui le pourchasse maintenant. Quelle ironie !

Croiser une femme, seule, en plein océan, n'a rien d'anodin. C'est sans doute sa seule chance. Accomplir cette quête briserait le lien insupportable qui le relie à sa compagne et le condamne à mort.

Il referme le poing sur la petite harpe attachée au collier autour de son cou. Sa compagne avait utilisé un instrument similaire pour l'ensorceler jusqu'à l'accouplement. Jusqu'à ce qu'il devienne son esclave. De longues dents pâles émergent de la forme incurvée de ce qui était autrefois une éponge de mer. Il était descendu un quart de lieue dans les profondeurs sauvages pour récolter cette créature fragile dont l'exosquelette délicat peut être manipulé pour produire une mélodie irrésistible. La musique pourrait séduire une humaine, et augmenter par la même occasion la libido du triton.

La culpabilité lui brûle les veines. Il a lui-même été victime de cette sorcellerie. Il sait ce que cette femme ressentira quand elle sera attirée malgré elle. De l'impuissance. Le chant des sirènes secoue toutes les créatures au plus profond de leur être. C'est grâce à ça que les marins tombent entre les griffes de ces prêtresses des mers. La pauvre ne pourra rien contre ce pouvoir.

Fais-le ou meurs.

Dans tous les cas, Rubac est condamné. Autant se donner à fond. Il caresse la harpe, puis remonte à la surface.

REMERCIEMENTS

À vous, mes chers critiques ; vous vous reconnaîtrez. Je vous remercie de m'avoir permis de profiter de votre expertise, de m'avoir généreusement accordé votre temps et de continuer à m'apporter votre soutien malgré la date établie avec mon éditeur qui ne correspondait pas à votre calendrier. Cette histoire n'aurait pas vu le jour sans vous.

À PROPOS DE L'AUTEUR

Il fut un temps où je croyais vouloir être ingénieure biomédicale, hélas l'expérience sur des rats de laboratoire ne réserve pas toujours des fins joyeuses. Dorénavant, je satisfais mon amour pour la science dans l'écriture de romances où les personnages connaissent une fin heureuse. Mes monstres trouvent toujours leurs âmes sœurs ; des héroïnes fougueuses, des héros torturés et tout le piment qui va avec. Je vous promets que mes récits ne vous laisseront jamais sur votre faim — bien que vous puissiez en redemander.

Lorsque je n'écris pas, je suis dans mon jardin ou dans ma cuisine, explorant l'Alaska avec mon mari, ou me préparant à une apocalypse de zombies. J'aime aussi le crochet, dévorer des séries Netflix, les jeux vidéo et passer du temps en famille pendant notre session hebdomadaire de Donjons & Dragons.

Si vous souhaitez en savoir plus sur moi, rejoignez

mon club VIP et obtenez des livres gratuits, des nouvelles et tout un tas de trucs sympas !

news.tamsinley.com/DE5euH

www.ingramcontent.com/pod-product-compliance
Lightning Source LLC
Chambersburg PA
CBHW060419310726
48976CB00003B/1121